女怪人さんは通い妻
著＝折口良乃
画＝Zトン

ナディブラが、修佑の手を取った。
力が強い。まったく抵抗できない。
そのまま修佑の手は、
ナディブラの胸へと導かれていった。
固そうな質感の肌なのに、
不思議と柔らかい胸部だった。
「ねえ、いいでしょう？
私、もう疲れてるんです。
シュウさんと少しだけ
交尾ができたら……

「一つになれたら、
私は元気をもらえますから。
ねえ。お願い、シュウさん」

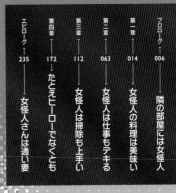

CONTENTS

Yoshino Origuchi Presents
Onna Kaijin san ha Kayoi Zuma

ダッシュエックス文庫

女怪人さんは通い妻

折口良乃

プロローグ —— 隣の部屋には女怪人

Yoshino Origuchi
Presents
Onna Kaijin san ha
Kayoi Duma

いつ、どんな時代であろうと。

正義と悪は存在する。

そして常《つね》に正義は勝つ——わけではない。

悪がはびこるのもまた世の常であるし、それはしばしば正義のような顔をして幅を利《き》かせている。

しかし、少なくとも白羽《しらは》修佑《しゅうすけ》が間近《まぢか》で見た戦いは、正義の側が勝利を収めた。

数年前——突如《とつじょ》この世界に出現し、世界支配をもくろんだ悪の組織アステロゾーアは、その侵略の足がかりに日本を選択した。

アステロゾーアに対抗する、今や国民的ヒーロー・ヒートフレアの活躍は、老若男女《ろうにゃくなんにょ》の知るところである。

ヒートフレアはその悪の組織を壊滅せしめ、一時期、大混乱となった日本に、平和を取り戻した。

誰もが認める正義の勝利であった——だが。

「………はあ」

現実では、ヒーローが悪を倒して、めでたしめでたしとはならない。

ヒーローは、民間の営利企業に所属していた。悪の組織を倒した事後処理は、全《すべ》てその企業の仕事となって積み重なった。

たとえば、被害を受けた街の修復、補償の手配。

たとえば、行方《ゆくえ》不明の悪の組織のリーダーの追跡調査。

たとえば、大量に残った敵怪人たちをどうするか——などなど。

正義の企業だからといって、業務内容がホワイトなわけではない。

「——今日も終電……」

ヒーローが所属する民間企業。

その名も株式会社リクトー。

その平社員である白羽修佑は、毎日毎日片付けても減らない仕事に追われていた。

当たり前のように終電で、自分のアパートへと戻っていく。正義の企業に勤める修佑の、それが日常であった。

(薄給なのに、業務は山ほど……貯金もできないな……)

世の中の平和を守るヒーローを支えるために、ブラックな環境で身を削《けず》っている彼は、虚《うつ》ろな目で考える。

　正義とは何ぞや、と。

「……あれ」

　修佑は自分のアパートの前に到着し――気づく。

　朝、間違いなく閉めたはずの鍵《かぎ》が開いていることに。

「またですか」

　修佑はため息をつきながら、アパートの扉を開けた。

「あっ、おかえりなさぁい、シュウさん！」

　出迎えるのは、可愛《かわい》らしい女性の声。

　明るい喜びに満ちた声は、まるで新妻のような甘さがある。

「今日もお疲れ様です♪　お風呂がわいてますよ？　あ、先にご飯にしますか？　あとぉ……それともぉ………同化、とか？」

　頰《ほお》に手を当て、照《て》れたような仕草《しぐさ》をする女性。

　だがその顔は、バイザーのような半透明の材質のものに覆《おお》われていてわからない。わずかに人間に似た唇《くちびる》から、甘い誘惑の吐息《といき》が漏《も》れる。

「ナディブラさん……勝手に入らないでくださいね」

「ごめんなさい。でも、お隣さんですし、シュウさんのお夕飯も作らないと……」

「鍵はどうやって……」

「鍵？」

女性の声はきょとんとしていた。

「もしかして……玄関についてた金属……施錠システムだったんですか？　私――飾りかなにかと思って……さらっと開けちゃいました」

悪びれもせず言い放つ、不法侵入の相手は。

どう見ても人間ではなかった。

顔半分は半透明のバイザーに覆われ、人間の顔のようなものは見えない。かろうじて口元が人間の形状に近いだろう。頭髪もなく、ぬめっとした質感の肌《はだ》が全体を覆っている。後頭部から伸びたケーブルの束が、ポニーテールのように見えなくもない。

全身は、青を中心とした皮膚《ひふ》と、その隙間《すきま》から垣間《かいま》見える半透明のインナースーツのような組織で構成されており、一見すると生物とは思えない。全身の各所には、金色の液体が充塡《じゅうてん》された血管――あるいはケーブルのようなものが見える。

ケーブルは曲線を描きながら体の各部に接続されており、もともと彼女に備わっている器官のようにも、後付けの改造パーツのようにも思える。

それでいて、豊満な胸部、メリハリのあるくびれなど、体のラインだけを見るなら、人間の女性にそっくりであった。

改造人間、あるいは怪人――ともいうべき女は。

おそらく微笑《ほほえ》んだのだろう。だが、バイザーで隠れていて、眼球は確認できない。

唇の口角《こうかく》が上がり、微笑みの吐息が聞こえるため、それを修佑は笑いと判断しただけだ。

「あの、シュウさん……？」

他人が見れば、九割がたが危険と判断しそうなほど、人間とかけ離れた見た目。

しかしそんな彼女は、どこか優しく修佑に声をかけてくる。

「ご飯、冷めちゃいますよ？　それとも……本当に同化、したいですか？」

「ええと――夕飯、食べます。お願いします」

修佑の疲れた身体《からだ》は、部屋に漂う良い匂《にお》いに反応する。

「はい、いっぱい栄養つけてくださいね♪」

気さくに言う女怪人。

彼女こそ、壊滅した悪の組織の女幹部。

今では改心して、なぜか白羽修佑を目当てに、定期的にやってきてはあれこれと世話を焼く通い妻をしている女性であった。

（どうしてこんなことに……）

食卓に並べられた純和風の献立《こんだて》を見ながら、修佑は内心で頭を抱える。

至《いた》れり尽くせりの状態ではあるが、修佑には彼女の厚意に甘えられない、実に切迫した理由があった。

「召し上がれ、シュウさん」

「いただきます」

「たくさん食べて、ステキな同化をしましょうね♪」

「それは——その——いずれまた——」

期待の視線の女幹部に、修佑は冷や汗《あせ》をかくしかない。

元・悪の組織の女幹部は、自分を好いてくれている。明らかに人間とは違う外観だが、こうして美味《おい》しい手料理を振る舞い、その愛情を示してくれている。

だが、素直にその愛に応《こた》えるには、修佑には躊躇《ちゅうちょ》があった。

なにしろ彼女の言う『同化』とは、文字通りの意味だ。たとえばアンコウのオスは、メスに比べて極端に小さい。オスはメスに出会うと、メスの身体に直接『同化』して、メスの内臓器官の一つとなる。精子を作り出すための一器官となるのだ。

海洋生物の特徴を持つナディブラもまた、そのような人とは違う恋愛認識——男は最終的に女に同化するものだと思っている。

彼女の愛を受け入れるということは、自分という『個』の喪失《そうしつ》に他ならない。

ナディブラの愛情を嬉《うれ》しく思いながらも、決して彼女の想いに応えられない修佑なのであった。

（倫理《りんり》観が……いや、価値観のなにもかもが違う……！）

修佑は内心で声をあげながら、ナディブラの作ってくれただし巻き卵を口に運ぶ。

極力、人間の好みに合わせてくれたそれは、真っ当に美味しくて――だからこそ、困ってしまう修佑だ。


正義の組織・株式会社リクトー所属・『怪人対策部』の白羽修佑。

元・悪の組織アステロゾーアの女幹部・現通い妻のナディブラ。

修佑は、彼女のラブコールや、その他怪人たちのやることなすことに、ひたすら振り回されつつ――どうにか日常と、自分自身を守っていく。

これは、そんな話《ラブコメ》である。

第一章 ―― 女怪人の料理は美味い

Yoshino Origuchi
Presents
Onna Kaijin san ha
Kayoi Duma

「困るんだよね、こんなことではさ」

都内のコンビニのバックヤードで、白羽《しらは》修佑《しゅうすけ》はひたすらに頭を下げていた。

頭を下げた相手――コンビニの店長は、ねちっこい説教を修佑に垂《た》れる。右足を小刻《こきざ》みに揺するのがクセらしい。ストレスを隠さないタイプなのは明らかだった。

「こっちはアンタらリクトーがどうしてもって言うからさ、こんなスタッフを雇《やと》ってるわけで、もっと辛抱《しんぼう》してもらわないと」

「それは――申し訳ありません」

修佑の立場は弱い。

ひたすらにコンビニ店長に頭を下げるしかない。

ふしゅううう、と修佑の右側で、激しい呼吸音がした。ふと見れば、トラブルを起こしたスタッフ――トラの特徴を色濃く残す怪人が、今にも飛びかかりそうな気迫を見せている。

口から飛び出した長い牙《きば》は、見るだに恐ろしい。

「しゃあ……──」

ぎろり、とトラ怪人が店長を睨《にら》んだ。

「っ……な、なんだよ」

さすがの店長も、トラ怪人の気迫にたじろいだ。

「も、文句があるならやめてもらっていいんだぞ！　そもそもお前が、客にキレてその姿を見せたのが原因だろうがッ！　怪人が働いてるって噂《うわさ》が広まれば他の客も来ない！　どう責任とってくれるんだっ、ええ!?」

一応は店を守るという責任もあるのだろう。

怪人の姿に怯《おび》えながらも、言い返す店長であった。

「ぐるるぅ」

トラ怪人は反論できずに、小さく唸《うな》るだけ。

(抑えて抑えて)

修佑は、トラ怪人の肩を軽く叩《たた》いて合図した。

「……っ」

存外《ぞんがい》素直に、トラ怪人は修佑の合図に従う。

「店長、この度は本当に申し訳ありませんでした。彼女にはこちらから改めて注意します。二度とこのようなことがないようにいたしますので、どうか──彼女の雇用《こよう》契約を続けてはもらえませんか?」

「ふざけるな! 怪人が出たって噂になったら――」

「彼女を怒らせ、怪人態《たい》を見せてしまったお客様には、すでにリクトー社による記憶処置が為《な》されています。目撃情報が広がることはあり得ません。アステロゾーア怪人の社会復帰は、政府の意向でもあり……治安維持《いじ》に対して多大な貢献《こうけん》をすることになります。ご理解いただけないでしょうか」

「ぐ――ぬう――」

「雇用契約解除となりますと、補助金も今月で打ち切りとなりますが」

「うう」

店長は逡巡《しゅんじゅん》を見せる。修佑は頭を下げたまま返事を待つ。

「わ、わかったよ! 雇ってやるが……次に同じことがあれば、今度こそ追い出すからな!」

「あ、ありがとうございますっ」

「足元見やがって……ふざけんな!」

口角泡《こうかくあわ》を飛ばし、店長は修佑に捨てゼリフを吐く。

「はあ――」

どうにか理解を得られて、修佑は息を吐いた。

態度の悪い店長ではあったが、あれでも大事な怪人の『受け入れ先』である。怪人たちを受け入れてもらっている修佑としてはひたすら平身低頭でいくしかない。

内心、業腹《ごうはら》ではあるのだが――。

「す、すみませんシュウさん、私のせいで――」

店長を威嚇《いかく》していたトラの女怪人は、修佑には申し訳なさそうであった。

口から出た歯と、大きなぎょろりとした瞳《ひとみ》。縞《しま》模様となっている体毛は、一本一本が極太《ごくぶと》であり、もはやその毛皮は装甲《そうこう》のようにさえ見える。指から伸びる爪《つめ》は、わずかでも触れれば出血は免《まぬが》れないだろう。

だがその一方で、顔は比較的人間に近い形状であり、体のシルエットも人間の女性のような凹凸《おうとつ》がある。加えて、修佑への態度も素直だ。

トラ型怪人スミロドンゾーア。通称スミロ。

アステロゾーア残党の怪人の中では、話の通じる相手だった。

「……なにがあったのか聞いてもいいですか？　スミロさんは社会勉強も熱心でしたし、温厚な性格だったと思うのですが」

「すみません。酔っぱらった客が、私の態度が悪いって小銭を投げつけたり、『店長を出せ』とか喚《わめ》くものだから……つい怒ってしまって……気づけば、擬態《ぎたい》用のフィルムを自分で破っちゃって……」

「そうでしたか」

スミロの手には、千切《ちぎ》れた透明なビニールがある。

怪人たちはリクトー社の最先端技術であるこのフィルムを被《かぶ》って、人間に『擬態』している。

それなりの耐久性はあるが、怪人の爪にかかってしまえば紙切れと大差ない。

リクトー社の技術は、やはり国内最高水準だ。このような怪人たちの組織を倒すヒーローを作り、そして軍用光学迷彩を応用した、怪人を人間にするフィルムまで用意してしまった。技術的なことは、修佑にはさっぱりであるが――。

「あの……私、やっぱり向いてないんじゃ――こんな怒りやすい怪人が、人間に擬態して、社会生活だなんて……」

「スミロさん……」

両手の爪をこすりあわせ、スミロは今にも泣きそうだ。

見た目は恐ろしい怪人であるが――修佑には、仕事への適性に悩む、普通の女子のようにしか思えなかった。

「大丈夫です。僕も正直、仕事ではイヤなことばかりです。うんざりしたり、キレたくなったり――奇声《きせい》をあげてオフィスの壁に頭を打ちつけたくなる時もあります」

「え？　いや、私そこまでは――」

「でも、店長はキミをまだ雇ってくれると言いました。それは信頼の証《あかし》です。怒るのは構いませんが、フィルムを破かず、内心で怒りを処理する方法を、スミロさんなら覚えられます。日本社会の勉強、あんなに頑張っていたじゃないですか」

スミロの目を見て、修佑は告げる。

「シュウさん……」

「アステロゾーアの元幹部――ナディブラさんも、ミズクさんも、皆さん人間として働いてます。スミロさんだってできますよ。自信を持ってください」

「は、はい、ありがとうございます……っ！」

スミロの尻尾《しっぽ》がぴんと上に立った。嬉《うれ》しい時のアクションだ。

怪人たちは、見た目が人間ではないからこそ、それ以外の部分で感情を表すことが多い。修佑もだいぶ慣れてきた。

「新しい戸籍《こせき》と、擬態用のフィルムは早急に用意します。もう今日までの戸籍は使えませんから、別人として登録するしかありませんね」

修佑は笑いかける。

リクトー社の社員として、今まで何度もやってきた仕事だ。難しくはない。申請が少しややこしいだけだ。

「は、はい、ご迷惑をおかけして――」

「おいっ！」

恐縮するスミロの声を遮《さえぎ》って、店長が入ってきた。

「次の出勤は明日だ！　人が足りないからな！　もし新しい『皮』を用意するなら明日までになんとかしろ！　いいな！」

言いたいだけ言って、店長は去っていく。

温厚な修佑でも一言いいたくなる態度であったが、怪人の貴重な受け入れ先だ。修佑がトラブルを起こすわけにはいかない。

「ええと、そういうことらしいんですけど……明日までにフィルムの用意、できますか……？」

「……ま、まあ、大丈夫です」

残業をすれば。

あとに続く言葉を、修佑は飲み込んだ。ただでさえ恐縮するスミロに、余計な懸念《けねん》を追加するわけにはいかない。

「いつもすみません――」

「気にしないでください。よくあることですから」

修佑は青い顔をしながらも、そう言った。スミロが悪いわけではない。

それに実際、この程度のことは本当によくある。終電を考えない残業も三日前にこなしたばかりだ。

誰が悪いかといえば――アステロゾーア残党の怪人、およそ百五十余名。その就職を『怪人対策部』の修佑に一任している本社が悪い。

自分の勤め先をあしざまに言いたくなるのを、修佑はぐっとこらえるのであった。

株式会社リクトー。

前身は玩具《がんぐ》製造会社であったが――なぜかある時点を境に、『社長の道楽』と称して、最先端技術を用いた兵器を開発した、奇特な会社。

表向きは『新しい玩具の可能性追求』で通していたが、その実やっていたのは――正義のヒーローを生み出すことだった。異次元からの悪の組織の侵略を予見していたとも言われるが、平社員に過ぎない修佑は詳細《しょうさい》を知らない。

知っていることは、リクトー社の装備を使ったヒーロー・ヒートフレアの大活躍。そして、この世界を蹂躙《じゅうりん》しようとした悪の組織アステロゾーアが、予想外のヒーローの八面六臂《はちめんろっぴ》の活躍に、為《な》す術《すべ》なく敗北したことだ。

アステロゾーア基地を強襲《きょうしゅう》したヒートフレアは、敵幹部に深手《ふかで》を負わせた。首領を含む一部の怪人たちは未《いま》だ逃亡中であるが――アステロゾーア所属の怪人たちは、そのほとんどが戦うことなくヒートフレアに降伏《こうふく》する形となった。

「はああ――」

既《すで》に電気の消えたオフィスで。

修佑はパソコンと向かい合っていた。スミロの擬態フィルムの申請だ。

そしてフィルムによって作り出される『外見』に応じた戸籍の作成である。怪人が人間に擬態して生きなければならない以上、必要な作業であった。

「必要……なんだけど」

全《すべ》て自分に押しつけられていることは否《いな》めず、修佑は息を吐く。

アステロゾーア壊滅によって、残った怪人たちの扱いが問題となった。放置すれば、好き勝手に暴れるかもしれない。かといって牢《ろう》に閉じ込めても、怪人を裁く法律などこの国には存在しない。

全員『処分』するべきという過激な意見もあったが――リクトー社は政府と協議の末、彼らを穏当《おんとう》に社会生活させる道を選んだ。

協議に参加した政府の高官が『日本国民として働かせれば税収も増える。怪物だから人間よりも働くだろう』と言ったとか言わないとか、そんな噂が修佑の耳にも届いたが、真偽《しんぎ》は定かではない。

ともあれ、擬態フィルムを使い、偽《にせ》の戸籍で人間になった怪人たちは、おおむねリクトー社の指示に従い、社会生活を営《いとな》んでいる。

彼らの上司である女幹部たちが、むしろ率先《そっせん》して働いているので、多くの怪人たちもそれに倣《なら》った。

怪人たちの社会生活自体は、良いことなのだが――。

「仕事が多い……」

修佑は頭を抱える。

だが、平社員は誰も彼も似たようなものであった。隣席の社員たちは珍《めずら》しく帰宅したが、他部署では同じように暗いオフィスで皆、働いているのを確認している。

うんざりして、ちらりと壁のポスターを見た。

貼《は》られている社員募集のポスターには、握りこぶしを作るヒーロー・ヒートフレアの写真。そして『正義のためにキミも働いてみないか！』という、一見それらしいキャッチコピーが躍《おど》っているが。

(正義とは……薄給で、残業を繰り返すことだろうか)

修佑は漠然《ばくぜん》と考える。

リクトー社は、ヒーロー装備の開発に多額の資金をつぎ込んでいる。世界を悪の組織から救った会社だというのに、意外なほどの自転車操業である。

政府からの支援もあるにはあるが、必要な経費から考えれば雀《すずめ》の涙。しかも税金による支援を受けていることで、社会の目という民意から逃げられない。

国民の税金は無駄遣《づか》いできないのだ。一円たりとも。

結果として、リクトーはギリギリまで経費を削《けず》ることになる。ヒーローに使うお金は減らせない以上、削られるのは人件費である。

薄給、重労働のブラック会社。

平社員から見たリクトー社は、そんなろくでもないものであった。

「――あぁー……」

暗い天井を見上げて、思わず世を恨《うら》む声が出た。

怪人をサポートする業務は多岐《たき》にわたる上に、手伝ってくれる同僚は少ない。

アステロゾーアが健在だったころは『怪人対策部』にも十数名の社員がいたが、組織が壊滅してから、社員は他部署に異動。今では修佑とほか数人、そして名ばかりの役職で、説教と恫《どう》喝《かつ》が得意な部長がいるだけである。

もちろん、怪人への対応すべてを、修佑が一人でやっているわけではないが――怪人たちの就職先の斡旋《あっせん》、相談業務が修佑の主な仕事だった。

不平等な負担が、修佑にのしかかっていることは否めない。

「やめたいなぁ」

本音がつい口から漏《も》れた。

これまでも、やっていられるか、と何度辞表を書こうとしたかしれない。

だが――次に浮かぶのはいつも。

今ここで自分が仕事を投げ出した場合、どうなるかということだった。

頭に浮かぶのは、今日見たばかりの、スミロドンゾーアの申し訳なさそうな顔。

「………仕方ない。やりますか」

スミロドンゾーアはありがとうと言っていた。修佑の働きに感謝していた。修佑が辞めたら、困るのは彼女だ。

人間の店長には怒鳴られ、怪人に感謝される。

不思議な仕事だ、と思いながら、修佑はキーボードを叩くのだった。


仕事が終わり、修佑はギリギリ終電に乗って帰る。

会社に泊まりも覚悟していたのだが、どうにか終わった。明日、スミロは新しい擬態フィルムで仕事ができることだろう。

それを思えば、身体《からだ》の疲れも苦にならない。

(さっさと寝よう……)

もはや夕飯をとる気力もない。

修佑は安アパートの扉を開けようとして――中から音がすることに気づく。またか、とため息をつきながら。

「あっ、お帰りなさいシュウさん♪」

家に帰れば、出迎えるのはエプロンをした女怪人。

「ナディブラさん、また勝手に――」

「今日も一日お疲れ様です。夕飯は精のつく鍋《なべ》にしたので……ぜひ、どうぞ！」

一体どうやって修佑の予定を把握《はあく》しているのか。

キッチンでは土鍋がぐつぐつ音を立てている。ちょうど食べごろであった。

ナディブラは口調こそ丁寧《ていねい》であるが、基本的にあまり、修佑の話を聞いてくれない。

「すみません、せっかく作ってくれたのですが、あまり食欲が――」

全て言い終わる前に、修佑の腹が盛大にぐうとなった。

ナディブラがくすくすと笑う。相変わらずバイザーで表情は読めないが。

「人間の空腹はわかりやすいですねぇ」

「――頂いてもいいでしょうか」

「もちろんですよ。さぁ、座ってください」

自分の家なのに、あたかも賓客《ひんきゃく》のように扱われ、修佑はソファに腰かけた。リビングにはソファとテレビ、そして食事用のテーブルくらいしかない。

仕事三昧《ざんまい》であまり家にいられないので、家具は必要最低限。しかしテーブルには既に鍋をよそうための食器が並べられていた。

全て不法侵入の女怪人、ナディブラがやったのだ。

「今日も遅かったですね、シュウさん」

「急な申請がありまして――」

「――スミロドンちゃんが、色々大変だったみたいですね……聞いていています。いつもお疲れ様ですぅ」

どうやら部下のことを知っていたらしい。

修佑に見せる丁寧な態度からは想像もできないが、悪の組織アステロゾーアの女幹部。参謀《さんぼう》的ポジションであったのが、この海魔女ナディブラである。

彼女もまた、アステロゾーアの壊滅後、人間社会で生活している。むしろ率先して修佑の指示に従ってくれることもあり、怪人たちの中では特に付き合いやすい。一流外資系企業に勤め、信じられないような稼《かせ》ぎを叩き出している。

（というか、僕よりずっと年収が良いからな……）

そんな彼女ならば、都心のタワーマンションにでも住めばいいのに、今の住所は安いアパートの一室。

つまり修佑の部屋の隣だ。

「はい、どうぞぉ」

熱々の土鍋をテーブルに置き、ナディブラは具材をよそっていく。

「あの、ナディブラさん、やりますよ」

「いえいえ、いいんですっ、シュウさんはゆっくりしていてくださいっ」

ナディブラは手際《てぎわ》よく支度《したく》を進める。

鍋に白米、茶まできちんと用意する。この国を侵略した組織の幹部なのに、やたらと和風の食卓であった。

修佑の好みに合わせている、とはナディブラの言葉だ。

（やることがない——）

正直、助かる。

食事する気力さえなかったが、目の前に良い匂《にお》いのする食事が現れれば、口にしたくなる。栄養面だけでなく精神的にも、ちゃんと食べて寝るというのは重要なことだ。

ましてや準備から片付けまで、全てやってくれる女性がいる。

女怪人とはいえ、そんな存在がありがたくないはずがない——のだが。

「はい、あーん」

とはいえ、さすがにやりすぎだ。

「な、ナディブラさん。さすがに自分で食べれますっ」

「えっ、でも、これが鍋を食べる時の正式な作法だってミズクちゃんが」

「それは大ウソです」

ナディブラから椀《わん》を奪い取り、熱い白菜《はくさい》を食べる修佑。

「私がやってあげたいのにぃ——」

海洋生物の特徴を持つ怪人ナディブラは——なぜか、修佑をとても気に入っている。

わざわざアパートの隣に住んで、日常のありとあらゆる世話を焼いてくる。一見すればそれは、ありがたいことなのだが――。

「同化したら、全部私がやるのに……」

「ですからその――僕は同化とかは――」

「でも、私の故郷では……男性にとってこんなに名誉なことはなかったんですっ！　みんな喜んでメスと一つになっていました……っ！」

「人間はまた……恋愛の形が、ちょっと違うんですよ……」

修佑は、大学で生物学を専攻していたがゆえに、ナディブラの言葉の意味をよく理解していた。

『矮雄《わいゆう》』という生態がある。アンコウのオスは、メスに比べて極端に小さい。深海でメスを見つけると、メスに嚙《か》みつく。そのまま体の大半の臓器が退化し、精子を作り出すだけの一器官となる。脳さえも失うので、寄生《きせい》という言葉も生《なま》ぬるい。メスに一方的に取り込まれるのだ。

それは出会いの少ない深海で、子孫を残すためのアンコウの生態であるが。

人間の男からすれば、恐ろしい愛の形だ。

「同化すれば、シュウさんの生命活動に必要なこと、全部私が担当してあげられるんです」

「それはまあ、そうなんですが――」

どうも、ナディブラもまた、そうした生態を持つ怪人であるらしい。

好きな相手に尽くし、ありとあらゆる世話をする。それは結局、つがいとなったオスが自分の体の一部——生殖のための内臓になるからだ。

自分の身体の一部なのだから、自分で世話するのが自然なのだ。

（うう……）

ぶる、と修佑の身体が震える。

そう考えると、作ってくれた鍋も味がしない。

人間にはアンコウのような機能はないのだから、まさか本当に同化するはずもない——などと甘いことは言えない。ナディブラの肉体には、シリンダーや試験管のようなパーツが埋め込まれている。生物の肉体改造など、アステロゾーアの技術なら余裕だ。

好きな男と同化するため、相手を改造するなど、平然とやるだろう。

（常識が……なにもかも違うからなぁ）

なにもナディブラに限ったことではなく、怪人たちの価値観は大きく違う。

それを心に留めて会話せねばならない。

「あの……ナディブラさん、お、お仕事のほうはどうですか？」

修佑は強引に話題を逸らす。

ナディブラは特に気にした風もなく。

「はい？　お仕事、簡単ですよ。効率的でない業務を改善するだけで、なぜか人間さんに評価されていきますが」

「ナディブラさん、外資系の企業にお勤めでしたよね」

他の怪人たちとは違い、ナディブラからは仕事先の問題を聞かない。

一流企業の仕事を『簡単』というあたりに、ナディブラの優秀さがうかがえる。伊達《だて》に悪の組織のブレインをやっていたわけではない。

「なにかあったらシュウさんに迷惑がかかっちゃいますからね！　私は大丈夫です、心配しないでください！」

「ご配慮痛み入ります……」

「ぶっちゃけ、人間の食事を作るほうが、私には難しいかも……」

ナディブラはそう言いながら、なにかを取り出す。

それは輸血パックのようなビニールに包まれた液体であった。中身はなんとも言えぬ紫色である。

吸い口からちゅうちゅうと、紫の液体を飲むナディブラ。彼女の食事風景を見るのはこれが初めてではないが、見るたびに食欲がなくなる光景である。

「ナディブラさん、それは……」

「あ、ナマコのドリンクですぅ――シュウさんも要《い》りますか？　人間には毒かもですけど」

「そうですね、飲む気はないです」

修佑はきっぱりと断りつつ。

「鍋、一緒に食べませんか？」

「シュウさんのために作りましたから。遠慮しないで召し上がってください」

「でも……」

「私、外では人間用のご飯を食べてますけど、家では好きなもの食べたいので」

「はあ……」

明らかな人外生物であるナディブラが、同じものを食べるはずもない。

食生活の差を超えてまで、ご飯を作ってくれるのはありがたいが――だからこそ、彼女が求める『同化』の重さを痛感する。

（好かれてるのは嬉しいけど……）

リクトー社の社員として、怪人のために働いている修佑。

それに感謝してくれる怪人は多い。ナディブラの好意も嬉しい――弱気そうに見えながらも、つねに同化を狙《ねら》っていることを除けば。

「ごちそうさまでした」

せっかくの美味《おい》しい鍋だというのに、あれこれ考えていると食欲がまた消えてくる。

「あれぇ、もういいんですかぁ」

「はい、すみません。せっかく作ってくださったのに」

「明日のご飯に使えるから大丈夫ですよぅ。じゃあ、片付けますね♪」

「あ、それなら僕が――」

一応は家主としてのプライドからそう言ったのだが。

「シュウさんはお疲れでしょうから、なにもしなくていいですよ～。私が全部やってあげますからね～♪」

手出し無用とばかりにナディブラが食器を片付けていく。ありがたいよりも先に、申し訳なさを感じてしまう。

価値観が、まったく違う。

世話をされるたびに、自分が人格を失い、ナディブラの臓器に近づくような気がする。

「――あ、ありがとうございます」

笑みを引き攣《つ》らせて、そう言うしかない修佑だった。

「ああ、そうだ～」

ナディブラは、洗い物をしながら。

「明日から、シュウさんのお弁当も作りますね」

「えっ!?」

いきなりの提案に、修佑は面食《めんく》らう。提案というか、既に決定事項であった。

「だってシュウさん、コンビニの買い食いばかり……ですよね？　忙しくてたまにご飯抜いてる時もありますし――健康に良くないと思うんです」

「は、いやまあ……そうなのですが」

「だからお弁当、作りますよ。明日の朝、用意しておきますからねぇ」

ナディブラの前では、安アパートの施錠など意味をなさない。

朝でも夜でも、勝手に入ってきては修佑の食事を用意してくれる。

彼女がやると言えば絶対にやるだろう。

毎日修佑が起きるころには、朝食の用意を済ませて会社に行くナディブラだ。弁当だってついでに作ってしまうだろう。

「い、いえ、そこまでしていただくわけには」

修佑は慌《あわ》てて拒否する。

ただでさえ世話になりっぱなしだ。この上昼食までナディブラに作ってもらえば、摂取《せっしゅ》する栄養を全てナディブラから供給される形になる。

それは。

ナディブラとの『同化』への第一歩な気がした。

それがエスカレートしていくと、やがて生活の全てをナディブラに依存《いぞん》し、彼女なしでは生きられなくなる。結果として自分を見失い、融合《ゆうごう》して臓器となってしまうだろう。

（それだけは……嫌だ……）

ナディブラには知ってもらわなければ。

自分はナディブラとは違う種族だ。自分の人格と意思を持っている、自立した存在なのだと。

どれだけ親しくなったとしても、同化して内臓となるのを望むことはないのだと。

「ナディブラさん、自分の食事くらいは自分で用意しますから」

毅然《きぜん》と述べる修佑であった。

夕食を作ってもらってどの口が言うか、と思ったがそれは忘れる。

「でもでも、シュウさん、忙しすぎて、お昼も食べてないですよね」

「うう」

「貴方《あなた》には健康でいてもらわないと……いつか私と、一つになるんですから……」

同化が決定事項のように言うのはやめてほしい。

気弱な風に見えて、一度こうと決めたらナディブラはかなり頑固《がんこ》である。シュウの話を、本当の意味でちゃんと聞いてはいないのかもしれない。

「今日だって顔色悪いですよ？　ただでさえ仕事で根《こん》を詰めているのに、ちゃんとしたもの食べなかったら、健康に良くないです。私、頑張って、栄養バランスも考えて作りますから、シユウさんは気にしないで食べてください」

両手を握って、がんばるぞのポーズをとる女怪人。

「いや——ですが……」

良い反論が思いつかない。

そもそも修佑は帰って来たばかり。頭にはずしり、一日の疲れが溜《た》まっている。

「ほらぁ、お疲れじゃないですか――今日はもう休みましょう」

体調をナディブラに見抜かれている。

いけないと思いつつも、優しく語りかけてくるナディブラの言葉に甘えたくなる。

「あとは私に任せて、今日はもう休んでくださいね」

「そういう――わけには――」

鍋に眠くなる成分でも入っていたのだろうか。

いや、ナディブラは修佑の肉体を、なによりも気にしている。いずれ内臓とする修佑が、薬や栄養ドリンクばかり摂取するのを嫌う。だからこそこうして、毎日の食事の世話をしているのだ。

つまりこれはブラック企業の激務による疲労。

どこからか毛布を取り出し、ソファで眠りそうになる修佑にかけられる。

「存分《ぞんぶん》に甘えてください……私の好きな人……頑張り屋のシュウさん」

肩を叩かれ、ナディブラが耳元で囁《ささや》く。

これが恋人であればどれだけ嬉しいか――しかし、語りかけるのは明らかな人外。修佑との物理的な同化を狙う存在だ。

「ナディブラさん——僕は——」

修佑は夢現《ゆめうつつ》のなか、反論を試《こころ》みる。

自分はあくまで、自立した一個人。内臓になる予定はない。

そう言いたかったのだが。

疲労と、食後の満足感で、修佑の意識はブレーカーが落ちるように途絶えるのだった。


「——はっ⁉」

気づけば、携帯のアラームが鳴っていた。

修佑が反射的に身体を起こすと、カーテンから朝日が差し込んでいる。

「寝てしまった——」

十分とは言えない睡眠時間だったはずだが、修佑の身体は軽い。栄養を完璧《かんぺき》に考えられた料理のおかげだろうか。

ナディブラの気配はない。彼女の職場は都心の一等地。修佑が起きる時間までアパートにいたら遅刻してしまう。

しかし、だからといって彼女が修佑をおざなりにするわけがなかった。

「……断りきれなかったなぁ」

修佑は頭を抱えて、テーブルの上を見た。

そこには、ハート柄のランチクロスで包まれた弁当箱がある。間違いなくナディブラが作ったものだろう。

壁のハンガーには、アイロンをかけられたYシャツとスーツ。キッチンからはいい匂いがする。鍋の残りで朝食まで作ってくれたようだ。

徹底的にお膳立《ぜんだ》てされた状況に、修佑は困る。

「食べない――わけにもいかないか」

ナディブラと同化する気はないが。

厚意で作ってもらった弁当を捨てられるほど、修佑は薄情でもなかった。そもそも出勤まで時間もないのだ。

ナディブラが用意してくれた朝の準備を無駄にするなら――空腹と、よれたスーツで仕事に向かうことになる。

どんどんナディブラなしでは生きられなくなっている気がする。

「…………」

ふと思う。

この弁当は果たして、修佑の口にできるようなものだろうか。

昨晩、ナディブラの飲んでいたナマコのドリンクが頭をよぎった。ナディブラの生態を、この世界における動物と比較するのは難しいが――こちらで言う海洋生物に似た特徴を多く持っているようだ。

フグ。クラゲ。ウミヘビ。毒を持つ海の生物がいくつか頭によぎる。

「……これは、食べれるものなのか？」

ナディブラは一応、人間に合わせた食事を作ってくれる。

それは彼女なりに猛勉強した結果だというのも、修佑はよく知っていた。本来価値観の違う怪人が、修佑の世話をするなら、知識のアップデートは欠かせない。

ふとした時に——修佑にとって意外なタイミングで。

ナディブラ本人の価値観が露呈《ろてい》する瞬間がある。

（普段の食事は人間に合わせてくれても……弁当はナディブラさんも作るのは初めてのはず。なにか別のものが入っているかも）

ある意味では。

それを望んでしまう修佑だ。食べられないものが入っていれば、ナディブラの厚意を裏切ることなく、弁当を食べなくて済む。

我々は違う生物。

ゆえに『同化』は考え直してほしい——と、ナディブラに伝えられる。

（……いやいや、なにを考えているんだ）

誠実さに欠ける発想に、修佑は首を振った。

そんなことをしているうちに、貴重な朝の時間がますます失われる。修佑は慌てて朝の支度をして——少し迷ったものの、結局ナディブラの弁当もカバンに詰めこんだ。

ナディブラの好意と厚意は、一応、受け取った。

食べられないものが入っていればそれまで。そうでなければ、その時考えよう。修佑はそう決めた。

せめてそれが、ナディブラに対する精一杯《せいいっぱい》の誠意だと考えて。


不誠実なことを望んでしまったツケだろうか。

修佑は、会社のオフィスで弁当を開け——その完成度の高さに目を丸くした。

「お、美味《うま》そうだなその弁当」

デスクを覗《のぞ》きこんできた隣席の同僚が、うらやましそうに言う。

「なんだなんだ白羽、お前彼女でもできたのか？」

「——残業続きの僕に、彼女を作るような暇《ひま》があると思いますか、伊丹《いたみ》さん」

「わかってるよ」

同僚の伊丹は、ため息をつく。

よくよく見れば彼も、目の下のクマを隠せていない。株式会社リクトーの社員はみな重労働である。

「例の海魔女サマだろう。お前、いくら怪人担当だからって入れこみすぎじゃないのか？」

見抜かれていた。

ナディブラが修佑に執心しているのを、知っている同僚は多い。

「僕としては、どの怪人さんにも平等に接してるつもりなんですが……」

「怪人『さん』って……お前なぁ。仮にも世界を滅ぼそうとした連中だぞ？　アイツらがぶっ壊した街の再建費用見てみるか？　見積もり書だけで俺は卒倒《そっとう》しそうだよ」

「それは伊丹さんの仕事なので——」

「言うな」

現実逃避したいとばかりに伊丹はため息をついた。

「とにかく、怪人に弁当作ってもらおうが、日々の世話をしてもらおうが——怪人の味方みたいな顔するなよ。陽川《ひかわ》さんに目をつけられたらどうすんだ」

「ウチのヒーローに？　会ったこともないんですよ」

「たまに視察に来てるんだよ。陽川さん、怪人嫌いだろ。そりゃまあ、立場から言えば当然かもしれないけどさ。気をつけろよ」

「はあ」

同僚のありがたい忠告に、修佑は生返事だった。

気をつけるもなにも、修佑が怪人たちと接しているのは業務の一環《いっかん》、会社命令である。いくら怪人たちと戦ったヒーローといえど、目をつけられるいわれはない。

「おっと、噂《うわさ》をすればだ」

「え？」

「陽川さん――ヒートフレアのお出ましだよ」

触らぬ神になんとやらとばかりに、伊丹は首をひっこめた。

見れば、オフィスには、ブランドもののスーツをきっちりと着こなした美男子がいた。社員が皆、疲れた顔をしているこのオフィスで、精悍《せいかん》な顔立ちは一際浮いている。鍛《きた》え上げられた肉体はスーツの上からでもはっきりとわかる。

だが、そんな彼が腰に巻いているのは、赤と金に彩《いろど》られたベルトである。球状のパーツが中心に据えられ、横には小さなレバーが見える。ブランドスーツと合わせるにはあまりに不釣り合いな、玩具《おもちゃ》にも見えるデバイス。

あれは、彼がヒートフレアに変身するためのベルトだ。

陽川煉磁《れんじ》――リクトーが擁《よう》するヒーロー・ヒートフレア。

ナディブラの所属する悪の組織を壊滅させた――文字通りの正義の味方だ。

「失礼。こちらの部長はいらっしゃいますか？」

陽川は入り口近くの女性社員に声をかける。

ドラマにでも出てきそうなイケメンの登場に、女性社員は顔を赤くしていた。

「は、はひっ……部長は、今、不在で――」

「そうですか。失礼いたしました。また来ます」

陽川はそれだけ言って、きびきびとした動きで去っていく。

ヒートフレアが、こんな一般社員のオフィスにやってくるのは珍しいことだ。なにか用事があったのだろうか。

(………?)

陽川が出ていく際。

一瞬、自分と目が合ったような気がした。端麗《たんれい》な顔の陽川が、鋭い瞳で修佑を睨んだ――ような。

(いやいや、気のせいだ。ヒーローに睨まれる覚えは……まあまあ、あるな)

心当たりはある。ありすぎる。

数多《あまた》の怪人たちを担当している修佑だ。残党を処刑することを主張した陽川からすれば、怪人担当に思うところがあるかもしれない。

深く考えると怖いので――たまたま目線が合っただけだ、と修佑は自分に言い聞かせた。

「――給料が全然違いそうだな」

伊丹が素直な感想を言う。

「まあ、向こうは世界を救ったヒーローですから……」

「その後始末《あとしまつ》をやってる俺たちはヒーローじゃねえのか？」

「薄給ブラック社員です」

自分でぼやいて、ため息の増える事実だと思った。

修佑は頭を切り替えて、弁当を一口食べる。見た目は良くても味は――などということは一切なく、修佑の好みを完璧に把握した味付けであった。

これが毎日食べられるのなら、とてもありがたい。

味気ないゼリーや、カップラーメンで済ませる昼食よりもよほど満足感がある。

（ナディブラさんが本当に彼女なら――）

思わずそんな風に考え、修佑は頭《かぶり》を振る。

あくまでも彼女が向けてくれる愛情は、『同化』とセットであることを忘れてはいけない。

白羽修佑というアイデンティティの危機なのである。

とはいえ、ナディブラの弁当は、修佑には稀《まれ》な休息を与えてくれた。

この後、怪人たちの働き先を巡回する大仕事が待ち受けているのだが――その事実に対する覚悟を決めるくらいには。

修佑に活力を与えてくれる昼食なのだった。

白羽修佑にとって、終電の帰宅はいつものことである。

しかし、いくら繰り返しても慣れるということはない。人間の肉体は、深夜まで働ける構造になってはいない。

では怪人はどうなのだろう。

一流商社で働きながら、修佑のために食事を作るナディブラは、どれほどの労働に耐えられるのだろうか。

そんなことを考えながら、今日も疲れた体に、ナディブラの食事を摂取した。

「あっ♪」

すっかりキッチンをわがものとするナディブラが、嬉しそうな声をあげた。

「シュウさん！　お弁当全部食べてくれたんですね！　嬉しいです！」

「ええ、まあ、はい――美味しかったです」

歯切れ悪くも、正直に答える修佑。

「良かったぁ――断られていたから、食べてくれないかも、なんて思っていたんです」

「はい、美味しかったので――でも、あの、もう作らなくて大丈夫ですよ。お気持ちだけで十分です」

「？」

ナディブラが首を傾《かし》げる。

バイザー越しなので表情はよくわからないが、その仕草《しぐさ》で困惑《こんわく》しているのは伝わってきた。

「美味しかったのに、作らなくていいんですか？　うーん、すみませぇん……私、まだ日本語ちゃんと理解できてない、かもです……」

「そのままです。美味しかったのですが、これ以上は遠慮したいので……」

「んー……？」

ナディブラはぐにゃあ、と体を傾ける。

まるで背骨が存在しないかのようなその動き。

首を傾げたジェスチャーは、あくまで人間を真似《まね》ただけらしい。今はそれを強調しすぎて、胴が直角に曲がっている。

困惑を伝えたいのはよくわかった。

「僕は、あまりナディブラさんに頼りたくありません。お気持ちは嬉しいのですが、僕は自立した男でいたいと思っています」

「頼ってくれていいんですよ？　便利なものは使うべきです！　私を利用して利用して、依存しきって、私に栄養を管理される一器官になって――それでシュウさんはなにか困るんですか？」

「同化するつもりはないので……」

「シュウさん、意地悪です……こんなに尽くしているのに、伝わってないみたい……」

痛いくらいに伝わっているからこそなのだが。

　ナディブラは、米粒一つ残っていない弁当箱を見て、なにやら思案していた。

「あの、シュウさん？」

「はい」

「もしかして――お弁当の中身が気に入らなかった、ですか？」

「えっ？　い、いや、そういうことではなく」

　中身は普通に美味しかった。

　問題は味ではないのだ――と言いたかったが、先にナディブラが話しだす。

「でもでも、いらないというのはそういうことですよね？　じゃあもっともっと……も～っと良いものを作らなくちゃ！」

「い、いえ、味は本当に良かったんですけれど」

「それなら『これからも作って！　お弁当最高です！　ナディブラさん愛してます同化してください！』っていう話になりますよね!?」

「いやいやいやいやいや……」

　話が飛びすぎなのだが、ナディブラはそれには気づかない。

「なにがダメだったんでしょう……メニューは人間用に調整したし――ええと、あとは……」

「ナディブラさん、話を聞いていただけますか」

　ナディブラは熟考モードに入ってしまった。

こうなると彼女は修佑の話を聞かない。というかそもそも、ナディブラは修佑を愛しているという割に、修佑と交渉《こうしょう》して『落としどころを探る』ということをしてくれない。

ある意味、それは当然だ。

やがて自分の内臓となる存在に対し、その意思を問うわけがない。

この一方的なコミュニケーションこそ、ナディブラが修佑を、臓器の一つとしかとらえていない証である。

「あっ、わかりました！　シュウさん、忙しいですもんね。ちゃんとしたものを作っても、食べる時間がとれないと！」

「う……ん？　いや、ナディブラさん、違うんですよ」

発想が飛躍している。

ナディブラとの会話はいつもそうだ。彼女の中で話が進み、結論が出てしまう。しかもその結論は突飛《とっぴ》なことが多い。

「いいんです、気にしなくて。それじゃあ、別のお弁当をあげましょうね」

「別の――」

「いつでも食べれる――いいえ、食べる必要もないお弁当ですよ」

修佑がなにを言う間もなく。

ナディブラは、音もなく修佑に近づいた。捕食動物が獲物《えもの》に近づくように、一瞬で。人に非《あら》ざるメタリックな輝きを持ちながら、女性らしい曲線を描く肉体が、すぐ傍《そば》まで迫る。

あまりにも鮮やかな接近に、思わず修佑が目を奪われていたら――。

「はい、どうぞ」

ナディブラが修佑の手を取り。

修佑の腕を、自《みずか》らの腹の中に差し込んだ。

「んっ……ああんっうっ！」

「!?」

なにが起きているのかわからず、慌てて手を引き抜こうとする修佑だが。

修佑の腕は、ナディブラによってがっちりと摑《つか》まれており、逃げられない。怪人の膂力《りょりょく》は人間とは比較にならない。

「んんっ……あっ、はあんっ……んんっ」

「な、ナディブラさん！　なにしてるんですか？」

「え？　だからぁ……んんっ、お弁当……ですよぉ？　んん、あんっ」

「っ!?」

意味はまったくわからないが、とにかく修佑の腕はナディブラの腹部に差し込まれている。

メタリックな装甲《そうこう》の隙間《すきま》が、まるで最初から挿入《そうにゅう》できるかのように左右に開き、修佑の腕を飲みこんでいた。

体内に手が入っているのに、内臓や血液を思わせる感触は一切ない。子どものころ作ったスライムを思い出す。

指先から肘《ひじ》まで、優しくスライムに締めつけられているようだった。

「うっ……んんぐ」

とにかく、どうにかして腕を抜きたい。

修佑は指を動かして、ナディブラの体内から腕を取り出そうと試みるが。

（だ、ダメだ……全然抜けない）

ナディブラの体内は、掴むところも引っかけるところもなく、スライムのような感触が指をすり抜けていくだけであった。そうだというのに、なぜか抜こうとすると絶妙な力加減で、逃さないように締めつけられる。

「んぁあんぅ……はんっ……あんっ、しゅ、シュウさぁん、あんまり動かさないでくださぁい」

「そう言われても……というか大丈夫なんですか!?」

シュウとしては今のところ害はない。

しかし体内に腕を突っ込まれれば、いかに怪人であろうと平気とは思えない。その証拠に、ナディブラは先ほどから何度も嬌声《きょうせい》をあげている。

「なにがですかぁ？　んんっ、それよりぃ……もうちょっと、おとなしくしてくれないと……お弁当、作れませんからぁ」

(お弁当……作る!?　僕は今、なにをされてるんだ!?)

腕を掴まれていることもそうだが。

事態を把握できていないことのほうが、修佑にとってはより恐怖だった。

「んんっ……あんっ、はあんぅ……もう、ちょっとぉ……んんっ」

修佑の腕が飲みこまれているのは、人間で言えば、ナディブラのちょうどへそ辺《あた》りである。

肘くらいまでずぼっと入り込んでしまっている。胴体を貫通していてもおかしくないのに、そんな様子もない。ナディブラは声をあげながら悶《もだ》えるだけ。

その程度で済んでいるとも言える。

「んんんっ……よぉし、出せた、からぁ……」

「!?」

だが、やがて、修佑の腕にも異変が現れた。

手首のあたりに、なにがかべっとりと張り付いたような感触。しかも妙な重さを感じた。

(……!?　これは……ッ!?)

異変が起きたことだけは理解したが、具体的になにが起きているのかはさっぱりだ。

「んんっ、あんっ……よーし、はい、シュウさん、もう抜いていいですよぉ」

「っ」

抜いていいと言われる前から、修佑は反射的に手を引いていた。

ずるり、と腕をナディブラの内部から引き抜く。だが、ナディブラから手が離れても、手首の妙な重さはそのままだった。

「はい、お弁当です」

「————はい？」

修佑は、今度こそ驚きの声をあげる。

修佑の手首には——テニスボール大の物体がくっついていた。

物体の内部は赤く輝いている。血が通っているのか、わずかに脈打っている。宝石のようにも、炎のようにも見えるが——。

「う、うわぁぁ……」

慌ててはがそうと腕を振るが、手首にべっとりと同化した物体はびくともしない。

「これでどうでしょうか！」

なぜかナディブラはどうだ、とばかりに胸を張っている。

「ど、どうと言われましても……なんですか、これ」

「お弁当」

「お弁当!?」

何気なく言われ、修佑は絶叫する。

膨《ふく》らんだ風船のような皮膚《ひふ》は、よくよく見ればなにかに似ている気もするが——少なくともお弁当ではないことは断言できる。

「ああ、人間にはできないことだから、お弁当と言われても困るんですね。ええと、なんというか——栄養袋みたいなものです」

「えいようぶくろ」

「今、産卵しましたぁ」

「さんらん」

もはやナディブラの言葉をそのまま反芻《はんすう》するしかない。

「ほら、孵《かえ》ったばかりの魚の稚魚《ちぎょ》が、お腹《なか》にそのまま卵をくっつけているでしょう？　その栄養を吸収して成長するんですよ、あれと同じです」

「は、はあ……」

「これを身体にくっつければ、いつでもどこでも高効率で栄養補給ができますね！」

問題は万事解決、とばかりに話すナディブラだ。

「——————」

思わず言葉を失う修佑だった。

このテニスボール状の球体。何に似ているのかようやく理解した。イクラである。大きさを除けばイクラにそっくりだ。

「えっ……腕に、直接くっつけた……んですか？」

「体に融合させないと、栄養吸収ができないでしょう？　大丈夫ですよ、明日の夜まで、不眠不休で働けるくらい栄養がつきますからね！」

「いやいや……」

ラクダのコブのようなものだろうか。

この球体を体にくっつけたまま、オフィスに出勤したり、怪人たちの職場に出向くことを考えて――修佑は青くなる。

社長の呼び出しくらいで済めばいい。ヒートフレアのブレードに一刀両断される可能性を考えて、修佑は思わず呻《うめ》いた。

「すみません――それはさすがに、ご遠慮させてください……」

「えっ、これも違うんですか？　シュウさんって……意外とワガママですよねえ。まあ、そんなところが可愛《かわい》いんですけど」

ボール大のイクラを眺《なが》めて、ナディブラがぶつくさ言う。

口も使わず、身体《からだ》に張り付いたイクラから栄養を摂取するのは、果たして人間と言えるのだろうか。

全身の機能を退化させ、ナディブラの臓器となるのとなにが違うのか。そもそも簡単に人の肉体をいじらないでほしい。

「私、心配なんです、シュウさん。放っておくと、全然ご飯を食べなくなっちゃうでしょう。

ちゃんと健康でいてもらわないと――愛し合って同化する時に支障があるでしょう?」

「は、はは――」

理由はともかく。

ナディブラが修佑を気遣《きづか》っているのは事実だ。あまりその想いを無下《むげ》にすると――栄養袋のように、変な発想に至《いた》るかもしれない。

(あれ?)

巨大なイクラを身体につけるよりは。

弁当の方がよほど、健康で文化的な生活を送れるのではないだろうか。

(そう考えれば――まだ、マシか?)

ナディブラのことだ。次は修佑を食事が必要のない身体に改造する、くらいのことは言い出しかねない。

ナディブラの全身にあるパイプやケーブルを見る。自分の肉体でさえ、明らかに無機物のパーツを大量に使い、改造しているのだ。修佑の肉体をそのままにしておくことにこだわるはずもない。

ならば。

お弁当を作ってもらうのが、最も人間的な受け入れ方ではないのか。

「わ、わかりましたナディブラさん。それなら――普通のお弁当を作っていただけますか?」

「あれ？　いいんですか？」

「は、はい、この栄養袋よりは——まだ、僕個人を認めてもらう形だと思うので」

「ふうん？　……よくわからないですけど、シュウさんがいいなら良いと思います！　これからもどんどん私を頼ってくれていいんですよ？」

ナディブラはにこやかに言うが、修佑はとてもそんな心持ちにはなれない。

「とりあえず、これをとっていただけますと」

「はーい」

修佑がどれだけ腕を振ってもとれなかったイクラが、ナディブラが触れただけで、あっさりと修佑の手首からはがれる。

「——痕《あと》がない」

イクラと皮膚は完全に同化していたはずだが、イクラが外れても修佑の身体は元のままだった。同化していた痕跡《こんせき》など全くない。

「当たり前です、大事なシュウさんの身体に傷はつけられませんからっ」

それならそもそも人の身体を弄《いじ》らないでほしい、と思う修佑だ。

「——じゃあこれは食べちゃいますね」

がぐんと。

大口を開けて、ナディブラがイクラを丸呑《まるの》みにする。一瞬ではあったが、あごが外れたように大きく開けられた。口の中にずらりと並んだ、鋭いサメのような歯が恐ろしい。

あごや歯の構造も、人間とは違うのだと思えた。

「じゃあ、明日から私、お弁当作り頑張りますっ」

「はい、お願いします――ただし、あの、条件があります」

「条件？」

ナディブラが首を傾げた。

「別に、条件なんてつけなくても、作ってあげますけど」

「すみません、僕にもプライドがあるので……聞いていただけますか？」

「もちろん、シュウさんが言うなら」

女幹部が、バイザー下の唇《くちびる》で、わずかに微笑《ほほえ》む。

妥協《だきよう》点が見つけられそうで、ほっとした。彼女はその気ならば、いくらでも無限に、彼女なりの方法で修佑を甘やかす。

それに乗ってしまえば、ドロドロの底なし沼、彼女なしでは生きられなくなる。

（――せめて自立を、自立を！）

ブラック企業で、いくら助けがありがたいといっても。

一個の生物として、自分の矜持《きようじ》を諦《あきら》めたくない修佑だ。だからまあ、弁当を作ってもらうくらいはいいとしても。

ささやかな抵抗をしたい修佑なのだった。

「まったくもう、それくらい私がやりますよ？」

「いえ、これは僕が」

翌日。

またも深夜に帰ってきた修佑は、隣の部屋のナディブラに出迎えられる。しかし今日は食事をとる前に、やることがあった。

「結局、他の食器も洗うんですから。一緒にやったほうが効率がいいのにぃ」

「ナディブラさんはテレビでも見ていてください」

「もう」

ナディブラは拗《す》ねたように、ソファで足を組んだ。

その間、修佑は流しで、弁当箱を洗っている。

『空《から》になった弁当箱は修佑が洗う』――それが、修佑がナディブラに弁当を作ってもらうにあたり、要求した条件であった。

「際限なく甘やかされるのは、困ってしまうので――」

「んもう！　いつか全部やってくださいって言わせてみせますっ」

「…………言いません」

そんな日は来てほしくない。スポンジで弁当箱を洗いながら、修佑はそう思うのだが。

その一方で思う。

いつかブラック業務で、心も体もすり減らされた時、通い妻ナディブラの甘い誘惑に耐え続けられるだろうか。

全部世話してあげる、という言葉にずっと逆らっていられるだろうか。

（……頑張ろう）

泡を洗い流しながら、修佑は改めて気合いを入れる。

「終わりましたか？　それじゃあ食事にしましょう！　今日はお刺身《さしみ》ですよ」

「はい、ありがとうございます」

だが気合いを入れたところで、三食すでにナディブラに握られていることには変わりない。

抵抗がいつまで続けられるか——ちょっと自信のない修佑だ。それができなくなった時が、自分が自分でなくなる時だと、改めて自分に言い聞かせる。

ソファに座って、修佑はナディブラに。

「そうそう、ナディブラさん」

「なんですかっ？」

相変わらず毒々しい色のビニールパックを取り出すナディブラ。

たとえ食べるものは全く違っても、彼女は修佑が食事をするまで、自分の食事を待ってくれている。

そういう健気《けなげ》なところは、女性としては魅力的だと思う——同化を狙わなければ、彼女が本当に、通い妻でいてくれたらいいのに、と思う修佑だ。

もちろん、そんな本心は言わずに。

「今日のお弁当も美味しかったですよ」

と、それだけを言う。

「ふふん、当然です♪」

悪の怪人とは思えないほどに、快活な返事をするナディブラ。

修佑の言葉で、機嫌を良くするナディブラなのであった。

第二章 ―― 女怪人は仕事もデキる

Yoshino Origuchi Presents
Onna Kaijin san ha Kayoi Duma

その日、白羽修佑《しらはしゅうすけ》は終電を逃した。

それに気づいたのは、終わらない書類の山との格闘がひとしきり終わってからであった。

（ああ、しまった――）

終電で帰るのはいつものことだが、さすがに仕事に追われて終電を逃してしまう事態はめったにない。

上司からの嫌がらせ――大量の書類を片付けるのに夢中だった。

（部長め、これ見よがしに）

株式会社リクトーは、これまでアステロゾーアと戦ってきた。

ヒーローである陽川煉磁《ひかわれんじ》を筆頭に、社内には正義のために戦っているという自負を持つ社員も少なくない。怪人対策部の部長もその一人で、仕事には熱心ではあるのだが、怪人を社会で働かせることには反対だった。

修佑は立場上、怪人に配慮して仕事をせねばならず、部長と意見がかち合うことも多い。単に意見が合わないだけならいいのだが――。

悪いことに、部長は意見の合わない部下に、嫌がらせの仕事を振るようなブラック上司であった。

（――まあ、仕方ない。切り替えよう）

修佑自身は気づいていないが、ブラック業務にもすっかり順応していた。

（とりあえず、いったん休憩《きゅうけい》にしよう――どうせ朝までやっても終わらないし）

徹夜を覚悟した修佑は、まずナディブラにメールをした。今頃、彼女は夕食を作って修佑の帰りを待っているだろう。

連絡が遅くなった謝罪と、食事は要《い》らない旨《むね》を伝えた。

（……なんだか奥さんにメール送るみたいだな）

実際の夫婦であれば、『もっと早く連絡しろ』と怒られるところかもしれない。

だが、ナディブラは基本的に、修佑の行動を全《すべ》て受け入れる。返信は一言、『わかりました。愛してます』という端的《たんてき》なものだった。おまけのハートの絵文字が、末尾に三つ。

作った夕食が無駄になった、などと怒ることはない。

――つまるところ。

ナディブラはやはり、対等な一個人として修佑を見ていない。ゆえに彼がなにをしても、怒ることも悲しむこともない――そういうことなのだろうと思う。

そんな彼女の考えをどうしたら変えられるだろうか――と思いつつ、修佑は駅前へ向かう。

「さて……」

寝る場所は問題ない。ブラックなリクトー社では、泊まるための仮眠室がある。決して快適ではないが、使い慣れている修佑にとっては居心地《いごこち》がいい。

会社に泊まるのに慣れているのが、そもそも問題ではあるが――。

「久々に、会いに行こうかな」

都心の駅前では、終電後でもネオンがきらめいている。

真面目《まじめ》な人間が向かうにはそぐわない――歓楽街の通りに、修佑は足を運ぶのだった。


「こんばんはぁ、なのじゃ♪　わしはミズクじゃ。お主運が良いのう、わしナンバーワンなんじゃぞ？　わしも一緒に乾杯《かんぱい》してもいいかの？」

きらびやかな店内。

胸の谷間を強調したドレスを着た女性が、慣れた様子で隣に座る。

白羽修佑が訪れたのは、接待を行う飲食店――いわゆるキャバクラである。

輝くような金髪の女性が、修佑に微笑《ほほえ》む。ナンバーワンという肩書きは伊達《だて》ではないのだろう。その微笑みだけでお金がとれるような美貌《びぼう》である。

「ミズクさん――僕にまで接待しなくていいんですよ」

「なんじゃ、せっかく来てくれたのだからもてなそうというのに。お主、仕事明けじゃろ。美女で疲れを癒《い》やすがよいぞ」

「いえ、休憩中にちょっとミズクさんたちの様子を見に来ただけなので」

「それ休憩っちゅうか、仕事そのものじゃろ……」

ミズクは呆《あき》れたようにため息をついた。

金髪の頭頂から、ぴょこんと二つ、キツネ耳が生《は》えてくる。

「ミズクさん、ちょ、耳……！　隠してください……」

「別によかろ。こういう店じゃ。店長は事情を知っておるし、他のものはコスプレとしか思わん。おーい、わしに酒を持て」

ボーイを呼びつけ、酒を持ってこさせるミズク。

「つーかお主、水飲んどるのか！　まじさげぽよなんじゃが！」

「これからまた仕事しなければならないので……」

「固いことを言うでないわ！　いいから飲め！　飲め！」

ミズクに叱責《しっせき》され、テーブルの上にはあれよあれよという間にウイスキーが並んでいく。

あっという間に水割りを作ったミズクは、いつの間にか日本酒の杯《さかずき》を手にしていた。

「かんぱーい！　いえー！　よきよき～！」

「か、乾杯――」

ぐいっと日本酒をあおるキツネ耳の女性。

一見すると、ノリのいいキャバクラ嬢でしかないが——当然ながら人間ではない。

元アステロゾーアの幹部の一人、狐巫女《きつねみこ》と呼ばれていた妖術使いがミズクである。真の姿は金色の九本の尾を持つ妖狐《ようこ》であるらしい。

このキャバクラ店には、彼女を含め七名の怪人が在籍《ざいせき》している。修佑にとっては、多くの怪人を受け入れてくれた、ありがたい職場だ。

「ミズクさん、僕、あまりお金が——」

「お主が来たらタダで酒出せ、と店長に言われとる。なにしろわしと、部下たちのおかげでこの店の売上、うなぎのぼりじゃからな！　国を滅ぼしかけた妖狐の一族じゃからなわし。秒でナンバーワンじゃ」

「はあ、それでは——」

修佑は終電を逃したついでに、なかなか来れないキャバクラ店に様子を見に来ただけだ。

だが、そこまで言われては断れず、とりあえず酒を口にした。

「まあた帰れなくなったのか、お主は」

「はあ、そういうことで……いかがですか最近？」

「問題あると思うか？　金持ちの客どもにシャンパンばしばし入れさせておるぞ？」

ミズクはあやしく笑う。

彼女は変身能力を持ち、リクトーの用意する擬態《ぎたい》フィルムを使う必要がない。

アステロゾーアの怪人たちは、ここととは違う他の次元からやってきたらしいが――ミズクに限っては元々、この次元におけるアジア大陸の出身だという。彼女によれば『妖怪《ようかい》』の一種だということだ。

元よりこの世界を知っているせいか、社会参加に関しては恐ろしいほどに優等生だった。

人間社会におけるアンテナも敏感なのか、修佑でさえ知らない若者言葉をよく使う。適応力、人間への理解は、怪人たちの中でもトップクラスだろう。

「馴染《なじ》めているようで、良かったです」

「わしよりも、お主じゃよ。毎度毎度、ぴえんな顔をして店に来るでないわ、不景気な」

「はは、まあ……なんとかやってます」

青い顔をして笑う修佑。

会社にしょっちゅう泊まるのはまっとうではないが、辛《つら》くともこなしてしまう性格なのであった。

「ま、ナディブラが世話を焼いておるんじゃろ。良かったのう良妻に恵まれて」

「妻ではありませんが――」

「かか、通い詰めて飯《めし》を作ればもう妻よ。わしもこう見えて、料理の腕は相当なもんじゃぞ。男は胃袋摑《つか》めば一発でふぉーりんらぶじゃ」

快活に笑うミズクであるが、口元の犬歯《けんし》は隠せない。

もともとはキツネの妖怪——つまり野生動物のミズクだ。

どこからどう見ても人間とはいえ、その攻撃性までは隠せないようだ。

「それが——むしろナディブラさんの臓器になってしまいそうなのが、怖くて」

「かかか、そうじゃったな。あやつ、好きピができたら同化するんじゃったか。海洋生物の生態はまことイカれとるの」

「笑いごとではないんですよ——」

辟易《へきえき》した様子の修佑である。

この世界を襲《おそ》った悪の組織アステロゾーアは、首領と四人の幹部によって、組織の方針を決定していた。ミズクとナディブラはともに幹部の地位にあり——つまりは同僚といえる。

首領はいまだ逃走中であるが——ナディブラとミズクという幹部二名がこの世界で労働に従事しているために、部下の怪人たちもそれに従っている。

修佑にとって、この二名との友好的な関係を築けたことは、他の怪人たちと関《かか》わっていく上で有用であった。

「まあ、あやつも好きピができて調子に乗ってるんじゃろ。世話されてやれ」

「いつか流れで同化されてしまいそうですが……」

「お主がしっかり自分を持ってれば平気じゃよ」

そんな自信はまったくない修佑であった。

ミズクは酒をあおる。

すでにかなりの量を飲んでいるはずだが、酔った様子は一切見せない。

「まあナディブラが嫌なら、わしに乗り換えるという手もあるぞ？」

「えっ⁉」

「くくく、わしも一度かれぴっぴとやらを作ってみたかったのじゃ。わしの先祖には大国の皇帝を堕落《だらく》させたトンデモ妖狐もおるゆえな――傾国《けいこく》されてみたいとは思わぬか？」

「いやいやいや……」

キャバクラのナンバーワンをあっさりかっさらっていく女性が、自分をターゲットにするなど考えたくもない。

「そんなお金ないですし、そもそも彼氏がいたらここで働けなくなります。僕が困ってしまいますよ」

「黙ってかれぴっぴ作っとる嬢などいくらでもおるわい」

「リクトー社の信用にかかわるので……うう、胃が痛い……」

「お主……」

ミズクが同情するような視線を向けた。

仕事から逃げられない性分《しょうぶん》が、自分で嫌になる修佑。

「あー、ミズク様が抜け駆けしてる！」「あっ、ズルイ、白羽さん、私ともお話ししてください」「ねえ聞いてよ～、こないだ来た客がね～！」「もうちょっとお給料上げてほしいんですよお、修佑さんからも言ってくれません？」

他の嬢たちが修佑の気配を嗅《か》ぎつけたのか、次々とやってくる。

全員、例外なく修佑が斡旋《あっせん》した怪人たちであった。人間の姿は仮のものだ。

「ええい、お主ら！　仕事にならぬではないか散れ散れっ！」

ミズクがどこからか扇《おうぎ》を取り出し、他の嬢たちを追い払う。

怪人キャバ嬢たちはきゃはははは、と笑いながら去っていった。キャバクラにしては随分《ずいぶん》自由だ。他の客に聞かれたら一大事ではないのだろうか。

「店長は黙認しとるぞ。お主人気者じゃからな」

扇で顔を隠しながら、ミズクがくふふと笑う。

「こ、光栄です……」

「仕事も、ナディブラのことも、気が休まらぬであろうが——せめてわしと話す時くらいは気楽でおれ。多くの部下を救ってもらったこと、感謝しておるゆえ」

「お心遣《こころづか》い、感謝いたします」

ミズクはくすりと笑った。

怪人という立場であるが——ある意味では友人のような対等な関係を築けていた。ナディブラのように人外の愛を送ってくるわけでもなく、さりとて敵対するわけでもなく。

だがこれは、人間というものをよく知るミズクだからである。

ミズク以外にこんな関係を求めることはできないと、修佑はよくわかっていた。

「で？　お主もう帰るのか？　まだまだ話したいことが」

「あ、今日は会社に泊まります」

「せめてホテルとるとかあるじゃろ……ぴえんじゃの……」

ミズクが心底《しんそこ》、同情するような視線を向ける。

「ぴえん超えてぱおんにならぬよう、気をつけろよ」

「はい……ありがとうございます」

若者言葉を駆使《くし》して警告するミズクであった。

怪人たちは各々《おのおの》のやり方で人間社会に順応している。スミロのように悩んでいる者もいれば、ミズクのようにあっさり馴染む者もいる。

ナディブラはどうか。

一流商社に勤めている以上は、社会に馴染んでいるといえるのだろうが――人間としてのルールや倫理《りんり》に従う気がなさそうで、心配ではある。

（僕が振り回されるだけならいいんだけど）

修佑にとってはそれが仕事である。

だが、社会に悪影響があると判断された時、彼女はどうなるか。

リクトー社のヒーローが黙っていないはずだった。

「また難しい顔をしておるぞ」

ミズクが本当に心配そうに、修佑の顔を覗《のぞ》きこんだ。

「浮世は悩みばかり——とはいえ、この国、ちと景気悪すぎと違うか？　——変なキツネが傾国を狙《ねら》うかもしれんぞ？」

「それは洒落《しゃれ》になってないんですよ……」

修佑はため息をつく。

人心掌握《じんしんしょうあく》に長《た》けたキツネ耳のキャバ嬢は、それも娯楽《ごらく》だとばかりにけらけらと笑うのであった。


「ただいま戻りました——」

翌日の深夜。しわだらけとなったスーツのまま、二日ぶりに我が家へと帰る。

「お帰りなさい、シュウさん、なんだか大変だったみたいね」

「いえ——」

当たり前のように侵入しているナディブラにツッコむ気も起きない。されるがまま背広を脱がされる。

「あら――これ」

「え？」

油断していると、ナディブラが背広の内ポケットに手を入れている。

「残業で泊まりだったって聞いてましたけど――ねえシュウさん、これ……なんですか？」

内ポケットから取り出されたのは、きらびやかな装飾が施《ほどこ》された名刺《めいし》。

ミズクの仕事用の名刺である。シュウはまったく気づかなかったが、いつの間に忍ばせていたのだろうか。

「そ……れは、多分ミズクさんが」

「そうですよね。ミズクちゃんの店に行ったってことですよね。私はてっきり、シュウさんが死ぬほど苦労して仕事をしてるとばかり、思ってたんですけど――」

「仕事の一環《いっかん》ですよ……」

「別に怒ってませんよ。シュウさんの自由ですし。でも……ミズクちゃんがシュウさんを気に入っているのは――」

ナディブラは名刺を二つに破り捨てる。

「ちょっと危険かもしれません。まったくもう、釘《くぎ》を刺しておかないと。ミズクちゃんまでシュウさんとの同化を狙ってたら……」

「……いえ、あの」

「シュウさんが誰と仲良くなっても構わないですけど、シュウさんが同化するのは私なんですから。それは忘れないでくださいねっ」

物理的な融合《ゆうごう》を、決定事項として言わないでほしい。

「元々同じ組織にいたんですから、仲良くしてください――」

「別に仲悪くないですよ？　ミズクちゃんとはアステロゾーアでは話しやすいほうですから。どちらかといえば、他の二人がちょっと苦手でした……」

思い出したのか、ナディブラは少し嫌そうな声音《こわね》になった。

同じ幹部とはいえ、必ずしも仲が良いわけではないらしい。

「ミズクさんのほうは、ナディブラさんを気にかけていたようでしたが」

「うーん、私もお話ししたいですけど……ミズクちゃんもあれで、男をたぶらかす魔性の妖狐なので……恋のライバルになったら戦わなきゃならないし……どうしましょう。距離感が難しいですねえ……」

「そんなことにはならないと思いますが」

「ダメです！　油断していると取って食われますよ、シュウさん！」

捕食という意味では、修佑を内臓にしようとアプローチしてくるナディブラも似たようなものなのだが――。

それを伝えてもおそらく理解はされないので、修佑は黙るしかない。

「ミズクちゃんには私から釘を刺しておきますね。それで——お疲れのところ申し訳ないのですが、お夕飯の準備がなにもできていないんです」

「えっ」

珍《めずら》しいこともあるものだ。ナディブラはいつも（不法侵入をしつつ）完璧《かんぺき》に修佑を出迎える準備を整えている。

今から買いに行く元気もないし、夕飯はなしか——と落胆《らくたん》しかけたところで、修佑は内心、頭《かぶり》を振った。

（いやダメだろ僕！　なに作ってくれるのを当たり前みたいに思ってるんだ……！　どれだけ依存《いぞん》しているんだよ！）

献身《けんしん》的に支えてくれるのが日常になりつつある——。

こうしてどんどん自分に依存させるのがナディブラの狙いだ——とわかってはいても、やはりいつの間にか常識が書き換えられているとしたら、それは恐ろしい。

むしろこれは依存症になってしまう前に、ナディブラと適度な距離を保つチャンスのようにも思えた。

「いえいえ、その、ナディブラさんもお忙しいですから」

「新商品の営業とか、色々ありまして……」

ナディブラは一流外資系企業に勤めている。

主に扱ってるのはフィットネス用品や、リラクセーショングッズだそうだ。一度は世界を破壊しようとしていた女幹部が、癒《いや》しの商品を売っていることには皮肉めいたものを感じる。

とはいえ、怪人たちが大きな不満もなく働いてくれることは、斡旋した修佑にとってても喜ばしいことだ。

「ところで――夕飯の準備でないなら、どうして僕の家にいたんです？」

「掃除をしてまして……」

「掃除？」

「シュウさん、全然手をつけないから……収納スペースの奥がひどいことになってましたよ？」

「……面目《めんぼく》ないです」

片付けようとは思っていたのだが、ブラック企業社員にそんな時間があるわけもなかった。貴重な休日は全て体力回復に使っている。

「あっ、そうだ。私の家に来るのはどうですか？　シュウさん」

「えっ、隣に……」

「こういう時のために、私の冷蔵庫、食材の買い置きしてるんです……あと、弊社の新商品を試してほしいんです。最新型のマッサージウォーターベッドがあるんですよ」

「おお……」

修佑の目が輝く。連日の激務で、すっかり身体が凝《こ》り固まっている。それは是非《ぜひ》体験してみたかった。

いや、これも結局依存なのか――と一瞬悩む修佑であるが。

（マッサージ……最新型ウォーターベッド……）

ナディブラの提案は抗《あらが》いがたい。

疲れた自分にとってなにより欲しいものを、いつも彼女は提供してくれる。甘えすぎるのは危険だとわかってはいるのだが――。

「お、お願いします……」

「ふふ、それじゃ、行きましょう！」

無邪気な少女のように、ナディブラは笑った。

一見、屈託《くったく》のない返事であるが――自分の疲労、体調、そして意思の甘さまで何もかも見透かされ、修佑から頼むのがわかっていたようだ、とも思う。

その底知れなさに、修佑の背筋《せすじ》が冷たくなるのだった。

ナディブラの部屋は、修佑の隣である。

修佑はリクトーに勤めてからずっと、この安アパート住まいであるが――修佑を気に入ったナディブラは、仕事先を見つけるとすぐに都内のこの家に引っ越してきた。

ナディブラの収入であれば、都内のタワーマンションだって余裕で住めるだろうに、修佑のために隣に住んでいるのだ。

返す返すも、申し訳なくなる献身ぶりである——同化さえ狙っていなければ。

（まあ、間取りとか、僕の部屋と同じ……）

隣の部屋なので、左右反転しただけ——のはずなのだが。

初めて足を踏み入れたナディブラの部屋は、修佑の部屋とはずいぶん違っていた。

「——あれ？」

クーラーは最新型。

フローリングも、築十数年とは思えないほどに真新しい。

壁紙も一新されている。確かに間取りは同じであるのだが、隣の部屋とは思えないほどに印象が違うのだった。

「な、なんですかこの部屋……!?」

「なんか古くて使いにくかったので、大家さんにお金を払って、内装リフォームしたんですよ？　キレイになりました！」

「ぜ、全然気づかなかった……いつの間に……」

「シュウさん、家にいませんからね。工事もわからなかったんですね」

社畜であることを再認識してしまい、落ちこむ修佑である。

「よければシュウさんの部屋もどうですか？　リフォーム代出しますけど……」

「いやいやいや！　そんな、申し訳ないです！」

「そう？　控《ひか》えめなんですね、シュウさん」

そこまでされてはナディブラのヒモ同然だ——と修佑は冷や汗《あせ》をかいた。

「とりあえずご飯作っちゃいますね～♪」

ナディブラはてきぱきと行動し始める。

鼻歌まで歌ってご機嫌な様子であった。修佑が家に来たのがそんなに嬉《うれ》しいのだろうか。

手伝いを申し出るが、やはり一瞬で断られてしまう修佑だった。

十五分後には、野菜炒《いた》めが食卓に並んでいた。盛り付けの皿まで高そうであった。空腹の修佑はすぐにそれを腹に収めてしまった。

急いで食べたのには、空腹以外にも理由がある。

リビングに設置され、スペースの半分を埋めている——巨大なウォーターベッドが気になるのであった。

「ふふっ、気になりますか？」

「え、ええ……随分大きいですね」

「最新型なので。さすがに一般家庭に置くのは難しいので、セレブ向けの高級品ですね」

皿を片付けながら、ナディブラがベッドの紹介をしてくれる。

ベッドといっても、四方はプラスチックで囲まれており、側面にはなにやら小型のモニターがついている。枕もシーツも見当たらない代わりに、プラスチックの内側は青いクッションのようなもので満たされていた。

SF映画に出てきそうな外観だが、最新型のリラクセーション機器とはこういうものなのかもしれない。

「これは発売前の試験品ですから、シュウさん、使ってみてください。使用者の意見を取り入れてフィードバックします」

「そ、それは構いませんが——ナディブラさんが使えばいいのでは？」

「私に人間用のマッサージが意味あると思いますか？」

「ああ……」

修佑は納得する。

シルエットだけは人間に近いナディブラだが、しかし逆に言えば、人間との共通点はそれだけだ。同じ四足歩行だからといって、ウマとライオンを同じだとは言えまい。

(マッサージ、効《き》くわけないよな……)

先日の、栄養袋を『弁当』だと言って渡そうとしたことを思い出す。

体内の構造は、人間とは大きく異なるようだった。

「私は、シュウさんが活用してくれればそれでいいんです。ほらほら、横になって」

「あ、は、はい……」

促《うなが》されるまま、修佑は横になった。

青いクッションに、そのまま体を寝かせる。ウォーターベッドというだけあり、クッションに充填《じゆうてん》された水が、適度な力で修佑の身体《からだ》を支えた。

「おお、これは……」

まるで無重力である。

体重を支える水もそうだが、クッションの肌触《はだざわ》りもとても良く、身体に一切のストレスを与えない。宙に浮いているような感覚さえある。

「どうですか、シュウさん？」

「いえ、これは……とても気持ちがいいです」

「ふふ、眠ってもいいですよ？」

「いや、さすがにそういうわけには……」

自分との同化を狙っている相手の家で、熟睡すればどうなるか——身の危険を感じるのも当然だろう。

だが、一方で、安らぎの誘惑には抗えない。

すでに最高級ウォーターベッドの虜《とりこ》になった修佑は、ベッドの上から動けなかった。

「気に入ってくれたみたいですね。それじゃあ、おまけで——と」

ナディブラが、ベッドの側面についているモニターを操作した。

すると、ベッドのクッションが大きくうねる。

「うわっ……わ、うわっ……！」

まるで生き物のようにぐねぐねと、クッションが形を変えていった。

水圧がかかりぐにぐにと、修佑の背中を押しこんでくる。

水によるマッサージであった。

「み、水が動いて……こ、これ、どうなってるんですか！」

「ふふ、企業秘密でぇす」

凝り固まった筋肉が、水の動きによってほぐされていく。

「おお……うぁぁ……んぉ……！」

相当な力をかけられているはずだが、そもそもが水なので痛くない。水圧がかかる位置をどんどん変えて、修佑の背中を探り、疲れている筋肉をほぐしてくれる。

「すごく……効いてる感じがします。いいですねえ……」

こんなものが自宅にあれば、毎日の激務も耐えられる気がする。

絶対必要なものではないが、人生を充実させるためには、こうした物を買っていくのも大事なことかも――と思う修佑だ。

「これは……おいくらですか？」

「とりあえず仮ですけど、大体五百万くらいで売る予定です」

「ごひゃっ……!?」

あまりの金額に妙な声が出た。

「――絶対手が出ないですね」

諦《あきら》めながら修佑が言う。

「欲しいなら私が買ってあげますよ？　社員割引とか使えるかな？」

「勘弁《かんべん》してください」

「勘弁……プレゼントに対する返答としておかしくないですか？　それとも私の日本語勉強不足ですか？」

「いやホントに勘弁してください」

五百万の貸しを作られたら、修佑はどうやって返せばいいのか。

それこそ、内臓を売るしかなくなる――というかナディブラの場合は、彼女の内臓となって返済とするしかない。

「まあまあ、今はタダですよ。無料体験中なんですから、ゆっくり楽しんでくださいね」

「ちょっと背筋が寒くなってきましたが、確かに五百万の価値はありそうです……」

「寝てしまっても大丈夫ですよ、起きた時に食べられるもの、用意しておくわね」

「うう……もうしわけ……いや、ありが、とう……ございます……」

口が回らない。

マッサージの快楽が修佑の全身を駆けめぐり、激務で壊れかけの身体を癒やしていく。自分の疲労がみるみる取り除かれるのがわかる。

（さすがにスーツのまま寝るのは――でも――）

頭では起きなくては、と思っているのだが。

超高額ウォーターベッドの前では、理性などドロドロに溶ける。

修佑はそのまま、睡魔《すいま》の誘惑に抗えず、目を閉じた。

「おやすみなさーい、シュウさん♪　ふふふ……」

遠くから、ナディブラの笑い声が聞こえた気がしたが、それさえも、意識の海にとろけるように消えていった。

水に包まれているような感覚があった。

海の中だろうか。それとも宙に浮いているのだろうか。

心地よい水圧の中、背中から誰かに抱きしめられているような気がした。

（ん、僕は……）

修佑は覚醒《かくせい》を自覚する。

ウォーターベッドの寝心地《ねごこち》に勝てず、寝てしまったことは覚えている。ではこの感覚は――

水中のような安らぎも、ウォーターベッドの力だろうか。

泡《あわ》のような音が聞こえる。

母親の胎内《たいない》にいる胎児《たいじ》も、こんな気持ちかもしれないと思った。

まだ目覚めきっていない。夢と現実の間のような感覚だ。

「さあ、シュウさん、聞いてください――」

耳元。すぐ傍《そば》で囁《ささや》きが聞こえる。

ナディブラの声だと理解した。だが、不思議だ。ナディブラの気配はどこにもない。

「目は開けなくていいですよ、そのまま……」

彼女の声が、まるで催眠《さいみん》音声のようにすっと入ってくる。

耳をくすぐられているようで、こそばゆいながらも心地よかった。

「お仕事大変でしたね――いいんですよ――ゆっくり休んで――」

「あ……」

なにか言おうとしたが、次の瞬間には声にならなかった。

このベッド、ナディブラの囁き。全てが修佑の自我を溶かして、徹底的に安らぎの快楽を与えてくる。

そう、まるで。

ベッドそのものが、ナディブラと一体化したかのような。

水のクッションとなったナディブラに、身体を抱きしめられているような。

「いっぱいお仕事しましたよねぇ?」

「はい――頑張りました――」

さっきまでは、頭に霞《かすみ》がかかって声が出なかったのに。

ナディブラから問われると、考える前にすっと答えられる。

「えらい、えら～い……シュウさんはいつも頑張っていて、偉《えら》いですねえ～」

「ありがとう――ございます――」

「そんな風に頑張っているシュウさんのこと、私はちゃ～んと見ていますからねえ」

ナディブラの声は甘く、とろけるようで、耳から脳髄《のうずい》にすっと侵入してくる。

水と共に、ナディブラの声にも包まれているような感覚が心地よい。耳への感触が、快楽そのもので、抗おうという気がまったく起きない。

(あれ、これ、なにかマズいんじゃ――)

ぼうっとした頭で考える修佑だが。

それでもすぐには動けない。水のクッションが修佑を優しくとらえて離さない。ここから逃れたいと思えない。

「シュウさんは本当に頑張っています。それだけでもう、百点満点ですよ～」

「そんなことは……」

「いいえぇ、私はシュウさんのこと、誰よりわかっていますから……お仕事だって、残業ばかりじゃないですか」

「すみません——……」

「いいえいえ、仕方ないですよぉ」

ナディブラはくすくすと笑う。

笑い声さえ、耳をくすぐるように、修佑の中に侵入してくる。

「それで、会社に泊まって、仕事明けにミズクちゃんのお店に行ったんですよね？」

「行きました——」

「ミズクちゃんとはなにを話しましたか？」

「ええと——軽く近況を聞いて——あとは、ナディブラさんのことを——相談——」

「私？　私のことって？」

「どうすれば——ナディブラさんと上手《うま》く付き合っていけるのか——ということを」

「あらあ」

ナディブラが、仕方ないわ、とばかりに笑った。

マズい、隠すべきことすら、修佑の意思とは無関係にすらすらと喋《しゃべ》ってしまう。これだけ明快に会話をしているというのに、修佑の肉体はまるで言うことを聞かない。

勝手に喋る自分自身を、深い水の中から見ているような感覚だった。ナディブラの声がそうさせているのだろうか。

（催眠術……なのか？）

　これが催眠状態なのだとしたら――。

　ナディブラはなにかを喋らせるつもりで、修佑を寝かせたのだろうか。

「それでは……どうして会社に泊まりこむほど、仕事が増えちゃったんですか？　シュウさん、最近はスケジュール通りに、お仕事片付けてましたよね？」

「ナディブラさん――怒ってますか？」

「怒る？　そんな……私、怒るなんて非効率なことはしませんよ。ただ聞きたいから聞いているだけです。さあ、リラックスして、答えてくださいね……」

「上司からの――嫌がらせで――」

「上司？　お名前は？」

「――――です」

　これはヤバイ、と心の奥底で感じる修佑だ。

　必死に社内の機密を、女怪人に伝えることは避けようとした。だが、催眠状態にある肉体は言うことを聞かず、憎《にく》らしい上司の名を口にした。

「そう。ふふ……そうですか、ありがとう」

　ナディブラは笑う。

「教えてくれて嬉しいです、さあ、シュウさん、もう休んでくださいね。明日も早いですからね――」

「…………ッ！」

ああ、これは――良くない。

このまま眠ってしまうと、きっと良くないことが起きてしまう。

修佑は自分の直感に従い、上体を起こした。水に包まれている快楽は抗いがたいものだったが、それよりも。

なにをされているかわからない恐怖が勝った。ナディブラの身体に手を突っ込んだ時と同じである。

「あら」

さして驚いたふうでもなさそうに、ナディブラが言う。

「はあ……はあ……！」

「気合いで起きたんですね、シュウさん、すごいです♪」

ベッドから下りる修佑。

振り向けば、巨大なウォーターベッド装置の内部――水が満たされたクッションの中に、ナディブラ本人が入っていた。

「うふふ、バレちゃった♪」

「なにしてるんですか——ナディブラさん」

ウォーターベッドの中に、ゆらゆらとたゆたうナディブラは、なんだかクラゲのようにも見えた。水の中にいるというのに、彼女の声はなぜかはっきりと聞こえる。

未知の技術でも使われているのだろうか。

「このベッド、実は……私が入れるように作ってあるんですよ。もちろん秘密なんですけど、こうしてあげれば私の力でシュウさんを癒やしてあげられます。最高のリラクセーションマシンなんですよ——気持ち良かったでしょう？　耳元で囁かれるのは」

「はい——ええ、まあ——」

同僚・伊丹《いたみ》が最近ハマっているというＡＳＭＲを思い出した。

バイノーラルマイクのような囁きは、思った以上に修佑の脳内に入り込んだ。

まして囁くのは、海魔女とまで呼ばれるナディブラだ。本物の催眠効果があったとしてもおかしくはない。

「それじゃあ、よいしょ——っと。はい、出ましょうね」

ナディブラが言うと。

まるで巨大な粘液《ねんえき》のように、ベッドのビニールが蠢《うごめ》いた。そのままナディブラを包みながら、彼女をベッドの外に出す。

粘液が大きく動いているはずなのに、部屋のフローリングはわずかほども濡《ぬ》れていない。そのまま、ベッドの中が定位置とばかりに、粘液塊《かい》は機械内部へと返った。

修佑が身体を預けていたもの——てっきり水で満たされているビニールだとばかり思っていたのだが、どうやらもっと別のもの。女怪人の技術で作られた、得体《えたい》の知れない物体だったのかもしれない。

（これ、売っても大丈夫か……？）

急に不安になる修佑だった。

「そんなに怖がらなくても大丈夫ですよ。別に、勝手に同化したりしませんから」

「そ、それは——ええと、確かにそれも心配なのですが」

「同化する時は、シュウさんと同意のうえで、一緒になりたいですもんね♪」

それはそれで恐怖だが、ナディブラにしてみれば、まごうことなき求愛である。

その落差に、修佑は目を伏せるしかない。

「あの——僕、帰りますね。ありがとう、ございました」

「あら、帰ってしまうんですか？」

「ええ——その——」

なにを言うべきか、修佑は逡巡《しゅんじゅん》した。

「僕、夢見心地でなにか言ったかもしれませんが、忘れてもらえると——」

「記憶力は人間より良いですよ」

しれっと言い放つナディブラ。

「でも、シュウさんがそう言うなら、聞かなかったことにしてあげますね」

「助かります。それでは——」

「いつでも来てくれていいですよ。このベッドは、しばらく置いてありますから」

ナディブラが、愛想《あいそ》よく手を振る。

リラクセーションマシンの中心——水色の粘液も、それに合わせて透明な触手《しょくしゅ》を伸ばした。

やはりこのベッドのゲルは、ナディブラの意思のままに動くらしい。

「か、考えておきますね……」

断ることもできず、さりとてお言葉に甘えてというわけにもいかず。

そんな風に言うしかない修佑なのだった。


その後、修佑は自分の部屋に帰り、すぐさま眠った。

睡眠時間は十分とは言えない修佑であったが——朝の目覚めは快適であった。

ナディブラ製ウォーターベッドの効果であることは明白だった。身体は軽く、数年ぶりに前向きな気持ちでオフィスに行くことができた。

あのベッド、五百万もしなければ。そしてナディブラが変な改造をしていない真っ当な商品であれば、ぜひ買いたいのだが——。

（夢物語だな……）

通帳の残高を見るまでもなく、手が出ない代物《しろもの》だ。

せめていい夢を見せてもらったことをナディブラに感謝するしかない――そんなことを考えながら、修佑はリクトー社のオフィスに着いたところで。

「あれ？」

オフィス内の違和感に気づく。

「――伊丹さん、部長は？」

オフィスの上長席、部長のデスクが、やたらとキレイになっていた。やや旧式のパソコンも、山と積まれた書類も、よくわからない招き猫の置物もない。

隣席の伊丹に尋《たず》ねると、伊丹も怪訝《けげん》な顔をしていた。

「いや、それが……飛ばされたらしい」

「は？」

「地方の支社だと――詳《くわ》しいことは俺も全然わからないんだが」

「――――」

リクトー社は、悪の組織と戦っていた。

その性質上、機密が異様に多い。社員の安全を守るために、一部の支社に至《いた》っては、存在さえ秘匿《ひとく》されているという話だ。

すでに悪の組織は存在せず、リクトーもまっとうな玩具《がんぐ》会社に戻る——わけではなく、アステロゾーア残党の捜索のため、ヒーローをはじめとする実働部隊は、秘密裏《り》に行動を続けているはずだった。

急な異動も、そうした関係だろうか。

いや、怪人対策部の部長はあくまで管理職であり、そうした機密とは縁遠《えんどお》いはずだった。もちろん修佑よりは多くを知る立場にあっただろうが——。

（……まさか）

嫌な予感がする。

昨日、夢見心地の中——修佑はナディブラに、部長からの嫌がらせがあったと告げた。

部長の名前も、微睡《まどろ》みながら言ってしまったはずだ。

「こーいうことがあるのがブラック会社っていうか、まっとうじゃねえっていうか……ん、おいどうした白羽、顔が青いぞ？」

「い、いえ……」

ナディブラがなにかしたのだろうか。修佑に残業をさせた報復のために？

いくらナディブラとはいえ、そんなことができるだろうか？　——可能かどうかはともかく、ナディブラならやりかねないとも思う。元々、目的のためには手段を選ばない女性だ。

（——あとで電話しよう）

ナディブラが無関係であることを祈りながら、仕事を始める。

隣の伊丹が修佑をじっと見て。

「お前も気をつけろよ、飛ばされないように」

「――気をつけます」

リクトー社の人事に、ナディブラが関与していたとしたら――左遷《させん》くらいじゃすまないだろうな、と思う修佑だった。


「ええそうです、私がやりましたよ」

修佑にはごくわずかしか与えられない昼休み。

ビルの屋上で、修佑はナディブラへと電話をかけた。屋上は以前、激務に耐えかねた社員の自殺未遂《みすい》があったとかで、立ち入り禁止ではあるのだが――。

禁止と言っても、特に施錠されているわけではない。密談をするにはうってつけの場所なのであった。

「ウチの会社の客に、外資系のお偉方《えらがた》がいるんです。ほら、リクトー社、有名どころの会社がたくさんスポンサーについているでしょう？　私がそれとなぁーく、シュウさんの上司の悪口を伝えたら……あっという間でしたね。まさか一日だなんて」

「――ウチ、スポンサーに弱いですからね」

修佑は頭を抱える。

リクトー社はつねに資金難だ。一民間企業でありながら、悪の組織と戦うための装備を整え、怪人たちの社会復帰にまで手を回している。

『世界を守るため』と称し、政府や、多くの有名企業から支援を受けているが、だからこそ逆に大口のスポンサーには逆らえない。

ヒーロースーツに企業ロゴがつく日も遠くない、などと揶揄《やゆ》されることもある。

「あのお客さん、どうも性欲対象として、私を気に入ってるみたいなんです、だから話もちゃんと聞いてくれました。ふふっ、おかしいですよね、擬態フィルム……実在しない女に恋をしているわけなんですから」

通話中の修佑の携帯には、黒髪の美女の姿が映っている。

擬態したナディブラの姿だ。

表示される名前も、日本における彼女の仮の名前。もちろん修佑が用意したものだ。

「それでそれで、どうでしたか？　イヤな上司を飛ばされて、シュウさんは喜んでくれましたかっ？」

「気が晴れなかった……といえば、嘘《うそ》になります」

上司への不満は山ほどあった。

個人的な思想信条を理由に、無用な仕事を押しつけてくる上司に良い感情は持てないのは当然だ。

「でも、もうこんなことはやめてください」

「えっ、どうしてですか？？」

「間接的にでも、リクトー社が後見している怪人が、リクトー社の人事に影響を及ぼしたことが発覚すれば——大きな問題になります。僕やナディブラさんの立場も危うくなります」

「そんなの、人間が決めたルールのせいじゃないですか」

ナディブラは素《そ》っ気《け》ない。

どれだけ修佑を愛していると言っても、彼女の価値観は人間とは違う。愛した男の言葉だから聞く——という単純なものではないのだ。

そもそも、最終的には修佑を内臓として取り込むつもりなのだから、考えを変えないのも当然かもしれない。自分の内臓と相談する生物はいない。

「私は私ができることをして、シュウさんを助けてあげただけです。社会における最低限のルール……法律は守っていますよ？」

「ナディブラさん」

「そもそもシュウさんをないがしろにしているのは誰ですか？　毎日寝れないくらいの仕事を押しつけて、嫌がらせで残業させているのは、シュウさんと同じ人間たちですよ？　労働基準法さえろくに守っていない人間たちが、怪人にはルールを守れって言うんですか？　——そんなのおかしいと思いませんか、シュウさん？」

「………」

「私は正義の味方を名乗るつもりはありません。ただ、お世話になったシュウさんを助けたいだけですよ」

修佑には返す言葉もない。

なにを言うべきか――少しだけ頭の中で考えた。中途半端なごまかしや方便は、ナディブラには通用しないと思った。

ならば、自分の心情をそのまま、話すべきだろう。

「――正直に言いますね」

「はい」

「ナディブラさんの気持ちは嬉しいです。そして――ナディブラさんの言うことは、ぐうの音《ね》も出ない正論です」

「そうでしょう？」

ナディブラは得意げであった。

人間は自分たちで決めたルールも守らない。日本人はルールを守ると言われるのに、なぜか労働に関しては無法がまかり通る。ナディブラから見れば、いかにも不合理な集団に見えることだろう。

シュウの健康を守りたいから、上司を飛ばした。

彼女の行動は実にシンプルだ。

「でも、やっぱりやめてください」

「なんでです？」

電話の向こうで不満げな声をあげるナディブラ。

「あまりナディブラさんが目立つ動きをすると、陽川さん——ウチのヒーローが、また変身しなくちゃならなくなります」

「……」

「僕はナディブラさんが心配です。ヒートフレアは強い。ほんのわずかでも、担当している怪人さんたちが、危険な目に遭《あ》う可能性を減らしたいんです」

「…………ああ、もう」

ナディブラは電話の向こうで、どんな顔をしているだろうか。

リクトーの擬態フィルムは精巧《せいこう》だ。怪人態《たい》ではわからない表情も、リアルに表現する。

ヒートフレアのことを考えて苦々しげにしているのか。それとも修佑の必死の訴えに、仕方ないわね、という表情をしているのだろうか。

「ヒートフレア……リクトーの最大戦力……」

「彼は、怪人を全員処分するべき、という考えを持っています。危険な動きを見せた怪人を見逃しません」

「──シュウさんを連れて逃げる、という手もありますよ」

ナディブラがしれっと告げる。

「ドラマで見ました。愛の逃避行、いいですよね」

「逃避行は、ちょっと古い時代の恋愛なのですが」

「そうなんですか？　色々な恋愛があるんですね？」

同化することを恋愛扱いする怪人が、しれっとのたまう。

「わかりました。あのヒートフレアを相手にするのは面倒《めんどう》ですし、上司さんは返してあげる──いつかわからないけど、そのうち戻ってくると思います」

「あ、ありがとうございます──」

ほう、と修佑は息を吐いた。

自分の倫理《りんり》で話を進めるナディブラが、修佑の説得を聞いてくれた。まだ対等──とまではいかなくても、いずれ融合する内臓以上の存在として見てくれたら嬉しいのだが。

「いいんです、私も、シュウさんが心配をしてくれて嬉しかったです」

「それはもちろん、担当ですから──」

「愛ってこういうものなんですね。いつかは同化するんですから……互いに健康な身体でいないと、相手にも失礼ですよね？　刀傷《かたなきず》なんてついたら論外ですから」

やっぱり話を聞いていない。

ナディブラの声は弾《はず》んでいた。勝手に愛を感じているようだが――それは修佑の知る愛とは、やや違うものの気がした。

「でも――ヒートフレアは、どうあれ私の愛の邪魔をするんですね」

「えっ」

「許しません。今はシュウさんがいてくれるから、アステロゾーアに戻るつもりはありませんけれど……やっぱりいきなり、襲いかかってきたヒートフレアは頭にきます……！」

ナディブラの認識では『襲いかかってきた』ことになるらしい。

次元を食い破って、この世界を侵略してきたのはアステロゾーアのほうなのだが、やはり当事者意識というものは違うのだろう。

そして、異様な戦闘力で組織を壊滅させたヒーローに、良い感情がないのも当然だ。

「シュウさんのためにやってることなのに、上手くいかないのは全部ヒートフレアのせい……あの暑苦しい男……絶対にいつか水底に沈めてやる……」

「――ほ、法律は守ってくださいね」

「向こうから襲ってきたら正当防衛ですよね？」

当然とばかりに言うナディブラ。

「ヒートフレアは法に守られますが、ナディブラさんは守られないので……」

「そんな……やはり理不尽……納得いかない……滅ぼす？　人間社会、いったん原始に返しておきますか？」

「勘弁してください……」

「冗談ですよ」

ナディブラはくすくす笑うが、修佑は知っている。

全部本気だ。

修佑が困惑《こんわく》するから冗談ということにしているだけだ。

「ともかく、上司さんは戻ると思いますから、また色々とあるでしょうけど、疲れたらいつでも私に甘えてくださいね、シュウさん」

「ええと、自己管理、頑張ります」

そんな返事しかできない修佑だった。

「もっと甘えてほしいのに——まあいいです。そろそろ切りますね」

「はい、お手数をおかけしました」

「いいんです。もっとかけてくださいね？　ああ、それと……」

「？」

ナディブラは少し言葉を切って。

「仕事中でもシュウさんと電話できて、ちょっと嬉しかったです。それじゃあね」

ちゅ、と投げキッスのような音がして、電話が切られた。

ナディブラの言葉はいつでも本気だ。最後の言葉も紛《まぎ》れもない本心だろう。

（嬉しい、か――）

ナディブラは、いつも修佑の世話を焼く。

修佑を喜ばせようと必死だ。

だが逆に、修佑が彼女にできることはかなり少ない。会社の激務はとどまることを知らず、自分のことで精一杯《せいいっぱい》だ。しかもナディブラの愛を無尽蔵に受け取ることもできていない――いつか同化されるかも、と思うからだ。

なにか。

ここまで愛してくれる彼女に――同化はしないとしても――なにか報《むく》いることはできないだろうか。もっと喜んでもらえないだろうか。

そんな風に考える修佑だが。

（まずは……対等の立場になってもらわないと、難しいかな）

いつか同化する矮小《わいしょう》なオス――そんな風に思われているうちは、不可能なことだ。

今日の説得だって、たまたまナディブラの考えを変えることができたが、これは単なる幸運に過ぎない。ヒートフレアの戦闘力が、彼女にとって脅威《きょうい》だっただけだ。

ヒートフレアのことがなくても、自分の言葉をナディブラが聞いてくれるような。

そんな存在になりたいのだが――。

(ちょっと、難しいかな……)

ちなみにナディブラには言わなかったが。

上司がいなければいないで、仕事が滞《とどこお》るのだ。

あまり有能な上司ではないが、彼がいないと回らないこともある。それはつまり修佑の仕事が増えることを意味する。いてもいなくても仕事が減るということはない――。

(うう、癒しが欲しい――)

修佑は大きく息を吐いた。

五百万円のウォーターベッドをナディブラに買ってもらう――そんな考えが一瞬、頭をよぎったが。

必死に頭を振って、その誘惑を振り払う修佑であった。


「で……また泊まりで残業か」

「すみません、今晩も――」

「別に来るのはおけまるじゃし、ボトルくらい奢《おご》ってやるが――こういう店で、なぜお主は茶を飲んどるんじゃ、オイ」

「ちょっと胃が痛くてですね――」

「お主よぉ……」

そして、数日後。

戻ってきた上司によって、修佑は早速《さっそく》仕事を増やされた。ただでさえ上司の異動騒ぎで色々あったのに——当の上司が最も混乱しており、その八つ当たりを受けた格好《かっこう》だ。

そして泊まりとなった。

今日も夕飯は必要ない——とメールで伝えた時、ナディブラからは『わかりました』とだけ返信があった。静かに怒っているのが伝わってきた。

（自分でやったこととはいえ、キツい……）

上司が戻ってきたのは、自分がお願いしたから。

自分で自分の仕事を増やして、なにをしているんだ、という思いはある。

会社泊になったのに乗じて、またまたミズクの働くキャバクラに来たのも、まあいつも通りの光景であった。

「ナディブラがなんかしたそうじゃな」

胃が痛いという修佑を見て、ミズクが呆《あき》れたように言う。

「知ってるんですか」

「くくく、わしの尻尾《しっぽ》、切り離して遠くに飛ばせるからな。たまぁーにお主らのアパートや職場に潜んでおるゆえ、気をつけろよ」

「いや、あまり怪人としての能力を使うのは――」

「人に害をなしてはおらぬ。いや、むしろ他の怪人たちの監視でさえある。幹部であったわしが率先《そっせん》して、皆を監督するのは当然であろうが？　ヒートフレアに文句言われる筋合いもないわ」

ミズクは頭の耳を震わせた。

「つーかわし、戦闘力ゼロじゃからな。ヒートフレアと戦うとかまじありえんてぃじゃ。大人しくしとるよ」

「――安心しました」

「ナディブラも戦闘専門ということはないが、どうにも喧嘩《けんか》上等《じょうとう》じゃからなぁ。あやつは本当に推《お》しができると人が変わる……」

ミズクはため息を吐きながら、日本酒をあおった。

「あやつ一人の問題ではない。わしらが人間界で生きていく以上、ヒートフレアに問題なしと判断され続けなければならぬ。ナディブラがヘタなことをせぬよう、わしからも釘《くぎ》を刺しておこう」

「あ、ありがとうございます。助かります」

「なんの。お主がリクトー社でわしらのために尽力していることを考えれば、これくらい秒でやってやるわい」

仮にも同じ幹部だったミズクだ。

彼女からなにか言ってもらえれば、ナディブラも少しは話を聞いて――。

「いや、聞いて……くれないですかね？」

「うむう、バレたか。あやつ、わしの言うことなぞ知らぬふりじゃ」

「うう……」

「だが、あやつはお主の言葉で考えを変えた。やはりお主のことは重要に思っている証拠じゃよ。それがたとえ――いつか自分の一部になるから、という理由だとしてもな。ナディブラなりに、お主にあざまる水産なんじゃろ？」

「そ、そうだといいんですが……」

感謝されているのだろうか。

その『感謝』は――ナディブラが修佑に向ける愛と同様に、ちょっと違うものなのではないだろうか。

「わしらも感謝しておるよ。ヒートフレアに皆殺しにされてもおかしくなかったところ、こうして働く場まで作ってくれたんじゃからな」

「いえ、仕事ですから――」

「だからこそお主のためを思って言うが、ナディブラには決して気を許すな」

ミズクは――いつもの軽い調子を消して、真正面から修佑を見た。

キツネの縦長《たてなが》の瞳孔《どうこう》が、クラブの照明でギラリと光った。

「あやつが悪いわけでもなく、おぬしが悪いわけでもない。だが違う生き物じゃ。同じことを考えているようで、『感謝』も『好意』もまったく異なる表れ方をするかもしれぬ。その落とし穴、ハマってからでは遅いぞ」

「はい――それは、重々承知《しょうち》しているつもりです――」

「そうか。ならよい」

ミズクは、修佑のために急須《きゅうす》から茶を注ぐ。

「気苦労は耐えぬじゃろうが、せめてゆっくり休んでいけ」

「ありがとうございます。なにからなにまで」

「お主、本当に大人しい男じゃの。くふふ、ナディブラにジェラってしまうかもしれぬな」

「勘弁してください。ナディブラさんからの愛をどうにかかわすだけで、いっぱいいっぱいで……」

「マジぴえんじゃのう……」

ミズクは本当に同情するような顔を見せる。

怪人にも同情されるレベルの自分の現状を、修佑は改めて嘆《なげ》くしかない。山積みの仕事を、今だけは忘れようと思った。

「まぁ、せめてここで、命の洗濯をするんじゃな」

「そうします――」

胃をさすりながら、修佑は湯飲みを傾ける。

妖狐の淹《い》れてくれた緑茶は、芳醇《ほうじゅん》な香りの中に、ほんのり獣《けもの》の匂《にお》いが混じっているような気がした。

第三章 ―― 女怪人は掃除も上手い

Yoshino Origuchi Presents
Onna Kaijin san ha Kayoi Duma

ある日。

修佑《しゅうすけ》の仕事中に、ナディブラからメッセージがきた。

基本的にナディブラからの連絡というのはほぼない。なぜなら、修佑の意思を確認することを、ナディブラはあまりしないからだ。たいがい、修佑のためになるか微妙なことでも無許可でやってしまう。

ナディブラは、修佑が、自立した別個の生物だということを――理屈ではわかっていても――感覚としては理解していない気がする。

そんなナディブラからのメールがきた。

ようやく、怪人と人の違いを理解してくれたのかも――そんな風に思いながら、修佑はメールの内容を見た。

『シュウさんの仕事が終わったら一緒に帰りたいのですが、職場まで来ていただけませんか?』

「……一緒に?」

メールは素《そ》っ気《け》ない、その一文だけ。

シンプルに用件のみを書くのはいつものことだが、それよりも気になるのは。

「職場まで……？」

ナディブラにしては珍《めずら》しい。

彼女から、修佑に頼み事をすることはほとんどなかった。

理由は単純。ナディブラはほとんどの雑事を、自分でこなしてしまうからだ。腰が低いのは態度だけで、その奥底には自信や、人間を見下す様子が垣間見《かいまみ》える。

そんなナディブラから――頼みごとをされるくらい、一人の人間として頼りにされているのだ、と修佑は考えた――それは、素直に嬉《うれ》しい。

『迎えは構いませんが、なにかあったのですか？』

『最近、職場の若い男に言い寄られています。もう恋仲の相手がいるって勘違《かんちが》いさせれば、面《めん》倒《どう》も少なく解決できるかなって』

『なるほど……』

『忙しいところすみません。ただ、私だと……面倒になったら脅《おど》してしまいそうで』

『それはやめておきましょう。大丈夫、怪人さんの職場トラブルも僕の管轄《かんかつ》ですから』

メッセージアプリで、ぽんぽんと言葉をかわしていく。

ナディブラの提案は思ったよりも常識的だった。怪人たちには常々《つねづね》、困った時には修佑を頼るように伝えている。

『もっとも、偽装《ぎそう》じゃない彼氏彼女でも、私は全然構わないんですけれど』

『ええと、ひとまず偽装で』

『ありがとうございます♪　それじゃあ、二十一時に私の職場でお待ちしてます』

　スムーズに話は進む。

　ナディブラに頼られることが、修佑は素直に嬉しかった。

「なんだよ、白羽《しらは》。ニヤニヤして」

　隣席の伊丹《いたみ》が、その様子を見て告げる。

「カワイイ彼女からメールが来たみたいな顔してるぞ」

「えっ、いやいや、違いますよ」

　慌《あわ》てて自分の顔を撫《な》でる修佑だった。自覚はなかった。

「仕事のメールでしたよ。斡旋《あっせん》先の会社でトラブルがあるようなので――先方に行ってから、そのまま直帰します」

「は!?　トラブルなの？　絶対そんな顔じゃなかったぞ！」

「まあ、詳細《しょうさい》は怪人さんに聞いてみますが――」

「………お前」

　伊丹が、連勤の疲労で、疲れた目を向ける。

「もしかして、仕事が増えて喜ぶレベルになっちまったか？　……有休とれよ」

「そこまでじゃないですから！」

「数年前だが……仕事中に倒れて、突然入院したやつがいてよ。そいつが倒れる直前にこう言ってたんだ。『最近、仕事が山積みなのに楽しくなってきました。三日寝てないですけど、いくらでも仕事ができそうです』ってな」

「そんな怖い話じゃないです！」

「俺が悪いんだ。アイツに仕事を振りすぎた。上司からもっとかばってやればよかった」

「この会社は本当に……」

なにを話してもこの会社のブラックさにつなげられてしまう。

とはいえ、怪人からの相談は、あくまで担当である修佑が受け持つことだ。同じ部署の同僚であっても、軽々しく口外できない。

結果、伊丹は誤解したままだ。

オーバーワークでおかしくなってしまったわけでは決してないが——仕事が増えたのに喜ばしいのは、実に数年ぶりの修佑なのであった。

都心の一等地。

高層ビルの立ち並ぶオフィス街。

株式会社リクトーも、都心にあるが——資金難のリクトーは高いオフィスなど借りることができない。

オフィスの維持費《いじ》だけでも、リクトーとはケタが違いそうな高級オフィス街。

そんなビルの一つ——外資系会社のエントランスで、修佑はナディブラを待っていた。

「お待たせしましたっ」

やがて——。

黒髪の女性が修佑に声をかけてくる。日頃、怪人の姿を目にしているため忘れそうになるが。

この美少女が、ナディブラの擬態《ぎたい》した姿だった。

やや幼《おさな》さが残る新卒の会社員——という見た目だ。美女でありながらあどけなさが残る顔立ちのため、職場では人気が出るだろう。

怪人態《たい》と共通しているのは、高い位置でくくったポニーテールと、メリハリのあるスタイルだ。偽装《ぎそう》フィルムで見た目は変えられても、シルエットまでは大きく変えられないのがよくわかる外見。

そう、あどけない表情も、全《すべ》て偽装フィルムで作られた偽物《にせもの》だが。

「ごめんなさい、ここで待たせてしまって。ウチの会社、セキュリティ厳しいですから」

「いえ、それは問題ないのですが——職場の若い男性というのは？」

「多分、どこかから見ています」

ナディブラは声をひそめてそう言った。

リクトー社の用意する擬態フィルムは、基本的には整った容姿となる。人は見た目が全てではないというものの――外見の印象から判断されることは多い。

怪人が人間社会に紛《まぎ》れるにあたり。外見が良ければ多少、違和感のある行動をとっても許されるだろうという考えからだった。

だがナディブラの人間態は、それを考慮しても、なお美人だった。社会人でありながら、アイドルのような可愛《かわい》らしさもある。

（――フィルムだけじゃなく、ナディブラさんの態度のせいかな）

一見すれば気弱にも見える、丁寧《ていねい》な態度。

その一方、ふと垣間見える、人間など意に介《かい》さない態度。

そこにはきっと、小悪魔的な魅力がある。修佑は彼女の正体を知っているが――そうでないものには、彼女に不思議な魅力を感じてしまうこともあるだろう。

「さっ、シュウさん、行きましょう。とりあえず恋人のフリ、してくれるんですよね？」

「えっ、あ、はい……」

ナディブラが腕を絡《から》めた。

その力は人間の女性ではあり得ないほどに、強い。華奢《きやしや》な女性の外見でありながら、ずっしりとした肉感が伝わってくる。

あくまで人間に擬態しているだけの怪人だと痛感させられる。

「？　どうかしましたか？」

「あっ、いえ。演技が必要なのはわかるんですが、わざとらしすぎるかなと――」

「それくらいしないと伝わらないと思いますよ？　どっかで見てる同僚に、彼氏がいるんだと思わせて、諦《あきら》めてもらわないといけませんから」

「まあ、確かに――」

修佑は周囲を見る。

外資系オフィスのエントランスでは、さすがというべきか、誰もが忙しそうだ。ナディブラを待って、ぼけっとしていたのは修佑くらいだろう。

すれ違った男性の時計がちらっと見えた。高級ブランド品だ。たぶん修佑には一生縁《えん》がない。

行き交《か》う人は多いのだが――ナディブラの言う、トラブルの元となっているらしい同僚、というのは見当たらなかった。

「ほらほら、行きましょうっ」

ナディブラに引っ張られる。

当然ながら地力が違う。戸惑《とまど》う暇《いとま》もなく、まるで引きずられるようにしていく。

「ま、待ってください、ナディブラさん」

気をつけなければ骨にヒビくらいは入るかもしれない。

悪の組織において、ナディブラは戦闘要員ではなかったそうだ。

だが、それはナディブラの他に、もっと戦闘に適した怪人がいただけの話である。ナディブラの力は大きく人を超えているし、修佑などあっさり殺されてもおかしくない。

（まあ、こうして頼ってくれるのは嬉しいし……細かいことはいいか）

修佑は内心で笑う。

ナディブラのペースに振り回されるのは変わらないが――修佑としては、彼女との関係が良い方に進展したようで、安心するのであった。


ナディブラと二人、最寄《もよ》りの駅で降りて、夜の住宅街を帰る。

都内ではあるものの、二人のアパートの家賃は安い。最寄り駅も小さく、住宅街には人気《ひとけ》がなかった。

既《すで》に夜も更《ふ》けている。だが、修佑の心は少し浮き足だっていた。

（終電じゃない帰宅、久しぶりだな……）

しかも名目上は、男女トラブルに悩む怪人の護衛《ごえい》をしているだけ――まぎれもなく仕事である。

もっともサービス残業扱いだろうから、給料は出ないが。

「食材は買ってありますから、帰ったらすぐご飯作れますよ」

「いえ、なんでしたらコンビニ食でも」

「ダメです、せっかく一緒に帰ってくれるのに！　お礼としてちゃんと作ってあげますから！」

「そ、そういうことなら……」

修佑は安堵《あんど》する。

『栄養が偏《かたよ》るから、融合《ゆうごう》するときに困るでしょう』などと言われなくて本当に良かった。

(やっぱり、頼りにしてくれてるのかな……？)

半信半疑ではあったが、今日のナディブラは、修佑と対等に話しているようだ。

ナディブラも、人間社会で生活して日が長い。はっきりとはわからないが、人間的な恋愛観も育ってきたのかもしれない。

(そうだとしたら嬉しいんだけど)

しかし、その一方で。

ナディブラは妙に表情が硬《かた》かった。怪人態ではわからない表情も、偽装フィルムをつけていればよくわかる。

可愛らしい顔が、張り詰めたような表情になっていた。

「ナディブラさん？　どうしました？」

「……いえ、なんでも」

「その割には随分《ずいぶん》とピリピリしているような——」

修佑は考える。

もともと、彼女の相談は男女トラブルだった。職場の恋愛がストーカーに発展することだってあるかもしれない。

すでに会社からはかなり離れているが――。

「もしかして……同僚の男性に、自宅近くまでつけられたことがありますか？」

「――はい」

ナディブラは首を振り向ける。

誰かがついてきていないか、警戒《けいかい》しているかのようだった。

「それは……ストーカー、ですね」

「ああ、やっぱり人間社会で問題となっていることなんですね。別に、過激な求愛だとは思いませんでしたけど――いわゆる迷惑行為というやつですか？」

「はい、あまり良くないですね」

自宅までついてくるなら、相当、ナディブラに執着しているとみていい。

さらに、本来、人間を容易に組み伏せられる、ナディブラが警戒するレベルだというなら。

「もしかしてそのストーカー、危ないものを持ってたり……」

「危ない――そう、ですね……持っていたかも」

「ナイフとか」

「はい、刃物だったかもしれません」

ナディブラの答えはあいまいだ。はっきり見たわけではないのかもしれない、と修佑は判断した。いずれにしても、事態は随分剣呑《けんのん》なようだった。

ずっと修佑の腕を掴《つか》んでいるのも、彼女が怯《おび》えている証拠なのかもしれない。

「——まあ、シュウさんがいるなら、相手も危ないことはしないと思いませんか？」

「は、はい」

特に修佑は護身術などを体得してはいない。

男が一緒にいる、ということが抑止力になればいいが——刃物をもつストーカーが、どこまで冷静な判断をしてくれるかはわからなかった。

警戒は解かないまま、安アパートに帰る二人。

当たり前のようにナディブラも修佑の部屋に入り、そのままフィルムを外した。

「ふう——……」

人間だったナディブラの表面がべろりとはがれ、本来の怪人の姿が現れる。

リクトーの最新技術による擬態フィルムは、薄くて丈夫。その機構は重要機密であり、社員である修佑も詳細を知らない。

知っているのは、この一枚を作るのに数百万円ほどかかることと、発注をするたびに技術部社員に嫌そうな顔をされる、ということだ。フィルムを破損《はそん》させてしまう怪人も珍しくないので、修佑としてはもっと手軽に発注したいのだが――。

「やっぱりこっちの姿のほうがいいですね」

「息苦しいですか？　必要ならフィルムの改良を頼んでみますが」

「ううん、そうじゃなくて――好きな男性に見せるなら、擬態じゃないほうがいいってことですよ♪」

ナディブラはバイザー越しに笑う。

そのままキッチンに立ち、食事の準備を始めた。一緒に帰ったのだから当然であるが、これではまるで同居生活だった。

「今日は助かりました」

ネクタイを緩《ゆる》めていると、ナディブラは不意にそう言った。

「やっぱりシュウさんは、頼りになりますね」

「……！」

今日まで。

ナディブラは、修佑を愛していると言ってはいたが――ナディブラが修佑を頼りにする、なということはなかった。せいぜい、就職先の斡旋くらいである。

私生活においては、ナディブラは十割世話を焼いていた。

まさしく、ナディブラが修佑を、同じ生物種として見ていなかったことの証明だが――そんな彼女から、頼りになる、と言われる日が来るとは。

「い、いえ。明日もまた迎えに行きますから」

「ええ。ごめんなさい。よろしくお願いしますね♪」

ナディブラにお願いされることが、こんなに嬉しいと思わなかった。

（………よかった）

野菜を切り始めるナディブラを見て、修佑は思う。

もうナディブラから、同化を含めた求愛をされることもないだろう。人間らしい恋愛ができるのかもしれない。

彼女は怪人ではあるが――こうやって人間の価値観を知ってくれるなら、人間として生きていくこともできるだろう。

対等な生物として見てくれるなら、修佑としても、ナディブラの恋人になるのはやぶさかではなかった。

遠慮のない愛情を向けてくれるナディブラは、修佑にとっても魅力的な女性である。

（とりあえず……ナディブラさんのストーカーの問題を、なんとかしないと）

まずはナディブラの安全を確保して、彼女にもっともっと人間のことを知ってもらわなくてはならない。

恋人になるとしても、それからだ――。

「？　どうしましたか？　そんなに見て」

「い、いえ……なんでもないです」

「変なシュウさん」

思わず、修佑はナディブラを見つめてしまった。

バイザーのある独特の頭部。メタリックな質感の肌《はだ》。なにもかも人間と違うが――。

彼女の外見をまったく問題視していないことに、修佑本人は気づいていないのであった。


数日間、ナディブラを迎えに行く日々が続いた。

彼女に頼りにされることは嬉しい。

そしてもちろん、ストーカーは見過ごせない。怪人のトラブル解決は修佑の仕事だ――ただ業務だからというだけでなく、使命感をも感じていた。

安全に生活する権利は、人間も怪人も変わらない。

ただ――。

「ナディブラさん」

その日も、修佑はナディブラに腕をとられて歩いていた。

「なんですか、シュウさん？」

「今日は……いつにも増して、顔が怖いですね」

擬態した美少女の表情が、ずいぶんと強張《こわば》っている。

「本当ですか？　いけない……好きな人の前では、笑顔でいないと」

修佑は、わずかに疑念を感じ始めていた。

ナディブラと一緒に帰るようになってからというもの――例のストーカーについては、まったくその姿を現さなかった。

もちろん、たまたまということもあるだろう。修佑と一緒にいて、警戒して近づかないということも考えられる。

だが――。

「ナディブラさん、疑うようなことを言いたくないのですが――本当に、会社で男女トラブルがあったんですか？」

「ええ、言ったでしょう？　若手の後輩に言い寄られて、困っているんです」

「ナディブラさんの会社の上司に、それとなく聞いてみたんですよ――ナディブラさんの部署、若い男性は一人もいないそうですね」

「――――」

ナディブラ――人間態の彼女は、目を伏せた。

怪人態よりもいくらか、表情の変化はわかりやすかった。嘘《うそ》をついたと認めているようなものだった。

「ストーカーというのもおそらく嘘でしょう。なぜそんなことを？」

「上司……余計なことを――」

唇《くちびる》を噛《か》み、怒りを見せるナディブラ。

「お、怒らないでくださいね。僕の仕事はトラブルの解決……ナディブラさんの周囲からヒアリングすることも大事なので……っ」

そもそも、あの企業だって修佑が斡旋した会社だ。ナディブラの上司とはパイプがある。修佑が電話で聞いてみたところ、驚いた。

ナディブラの部署に、若い男はいなかった。この時点で彼女と上司の発言が食い違っている。

（けれど――）

かといって、ナディブラがこんな嘘をついた理由がわからない。

修佑と一緒に帰りたいといった、恋する乙女心《おとめごころ》であったなら良いのだが――帰り道で後ろを気にしていたナディブラに、嘘はなかったような気がする。

警戒するものがあるのは本当なのだ。

それは一体――。

「ナディブラさん。あなたの担当は僕です。本当のことを言ってください」

「言ったじゃないですか。ストーカーだって」

「でも……」

「ごめんなさい、男女トラブルというのは確かに嘘です。でも、これには事情があって……ストーカーがいるというのは本当なんです！」

「ですが……誰の気配もありませんが……」

「それは――」

ナディブラは目を逸《そ》らす。

修佑は、ナディブラと組んでいた腕を、ほどいた。ナディブラも予想外だったのか、あっさりと手を放してしまう。

「ナディブラさん。こうなってしまった以上、包み隠さず話してください」

「シュウさん、待って、手を離しては――」

ナディブラが手を伸ばしてくる。

彼女の力で掴まれては逃げられない。修佑は思わず数歩下がった。

もしかして、ストーカー云々《うんぬん》というのは、ただナディブラが修佑のそばにいたかっただけで、その口実だったのだろうか。

べったりとくっついて、あわよくば同化を狙《ねら》っていたのだろうか――そんな可能性に思い至《いた》った、その瞬間だった。

「シュウさん、危ない！」

そこから起きた一連の流れは、修佑の目では追いきれなかった。

「――シャアアァァァァッ！」

暗闇《くらやみ》からなにかが襲《おそ》ってきた。

『それ』は腕を伸ばし、修佑の首に噛みついた。修佑に理解できたのはそれだけだ。

「なっ……!?」

「シュウさん！」

首から、冷たい液体が入り込んだ感触。

血液の中に侵入してくる感触に、全身の肌が粟立《あわだ》った。

視界がゆらめく。

「待って！　待ちなさい！」

身体《からだ》がなにかに拘束《こうそく》され、運ばれている。

遠くからナディブラの声が聞こえたが、その声がどんどん遠ざかっていった。

修佑は自分が連れ去られていることを、ぼんやりした頭で理解した。もっとも襲撃者《しゅうげきしゃ》の姿も自分がどんな体勢なのかも、揺らぐ視界のせいでろくに理解できないのだが。

ストーカーは本当にいたのだ。

ただし、狙っていたのはナディブラではなく――修佑のほうだった。その事実に気づいた瞬間、修佑の意識は、じわりと暗闇に落ちていくのだった。

這《は》いずっている。

なにかが身体を這いずっている。

「ぐ……」

修佑は、固い床で目を覚ました。まだ頭がぐらぐらとして重い。なにか喋《しゃべ》ろうとするだけで鈍痛《どんつう》が走る。

「気づいたか」

すぐ目の前には。

怪人が座っていた。女性型のシルエットではあるが、その身に縞《しま》模様のヘビが何匹も巻きついているかのような、異様な姿である。

ヘビが大口を開けたような頭部。その口の中に、目のような光が二つ確認できた。ヘビの怪人であることは想像がついた。

「あな、たは――」

「ナディブラ様第一の部下、シースネークゾーアだ。まあ死んでくれても構わなかったんだが――まだ生きているようだな」

「僕は……生きて、る……?」

頭が鈍痛で重いのは、毒のせいだろうか。

修佑は辺《あた》りを見る。どこかの廃ビルのようだ。コンクリートの床に寝かされていて、肌や骨が痛い。

縛《しば》られているわけではない。

毒で動けないまま、転がされているだけだ。縛るまでもないということだろう。

ただ、縄《なわ》の代わりに、なにかが全身に巻きつく妙な感覚があった。

「う、ぐ……」

「まったく——ナディブラ様はなぜこのような人間に執心なのだ。どこにでもいる、ただの人間にしか思えないのだが……」

動けない修佑の身体を、何かが這っている。

よくよく見れば、それはヘビであった。修佑の体に巻きついているヘビは、尻尾《しっぽ》のほうを見れば女怪人の右腕とつながっている——いや、違う。

この女怪人の右腕が、伸縮自在の巨大なヘビとなっているのだ。

さすがに丸呑《まるの》みされるような大きさではないが、身の危険を感じるには十分だった。

「ぐうっ……」

ヘビに胸を締めつけられ、息苦しい。

「……見れば見るほど、普通の人間だな」

ヘビが這いずる。修佑の腹を、ずりずりと探ってくる。ヘビの顔が、修佑の顔のすぐそばにまで近づいてきた。

しゅー、しゅー、という呼吸音まで聞こえてくる。

（……これは……ウミヘビ？）

普通のヘビと違い、頭部はやや丸みを帯びていた。

そういえばシースネークゾーアと名乗っていた。どうやらこの怪人は、ウミヘビを元に生み出されたらしい。

（ウミヘビは海棲《かいせい》だけど……怪人化した影響で、陸上生活もできるようになったのか？）

大学で生物学を専攻していた修佑は、生物にも詳《くわ》しかった。ウミヘビは肺呼吸であることを考えれば、陸上生活への適性はあると言える。

（参ったな、ウミヘビは猛毒だ……）

アステロゾーアの怪人には二種類いる。

ナディブラ、ミズクのように、元々その姿で生きていた怪人たち。

そして、先日コンビニでトラブルを起こしたスミロドンゾーアのように、侵略先の生物を改造して、怪人として生まれ変わらせたものである。

改造元の生物の特徴を引き継ぐが、見ただけで元の生物がわからないほどに改造を施《ほどこ》されている場合も多い。

（ナディブラさんは……）

彼女の気配はどこにもない。

修佑はようやく理解した。彼女がストーカーだなんだと理由をつけて、修佑と帰っていたのは――修佑を、この怪人の襲撃から守るためだったのだ。

頼られているなどとんでもない。

修佑はどこまでも守られているだけであった。うぬぼれが過ぎる、と修佑は自嘲《じちょう》気味に笑ってしまう。

毒で、口角はわずかも動かなかった。

「わからん、なぜ、お前なんぞにナディブラ様がたぶらかされたのだろう……」

どうやら怪人は、右腕のヘビを這わせることで修佑を探っているらしい。

「ぼく、は……」

普通の人間です。

ただのブラック会社員です。

そう言おうとしたのだが、口はろくに動かなかった。怪人の毒がどんなものかわからないが、ウミヘビの毒は命に関《かか》わるものだと知っている。

「もういい。しばらくお前とナディブラ様のことを監視していたが、ろくに理解できなかった」

女怪人が冷たく言う。

修佑に巻きついているウミヘビが、その口を開けた。

「ナディブラ様を私から連れ去った罪は重いぞ。用は済んだ、さっさと毒で死んでしまえ」

（……ああ――）

怪人と関わる以上、命が危うくなることもある、とは理解していた。しかしいきなり、こうした理不尽な暴力で殺されるとは思っていなかった。

一番可能性が高いのは、ナディブラとの同化だろうと思っていた。

（ヒートフレアは……間に合わないか）

いかにヒーローといえども、この事態を把握《はあく》できるとは思えない。この怪人はリクトー社も把握していない野良《のら》の怪人だ。駆けつけるまでには時間がかかる。

ついに首にまで巻きついてきたウミヘビが、その牙《きば》を修佑に突き立てようと狙ってくる。

（まあ――過労死よりは、いくらかマシかな……）

修佑はそんな風に、諦めかけた。

どちらがマシでも死ぬことは変わらないという、ほとんど開き直りの感情であったが――。

「ぎゃんんんっ!?」

その瞬間だった。

修佑の身体を這いずっていた、濡《ぬ》れた鱗《うろこ》の拘束が緩む。女怪人は妙な悲鳴をあげてその場に倒れ込んだ。

ヘビの拘束が外れるが、いまだに毒のせいか修佑は動けない。

「シュウさん！」

ナディブラの声がした。動けないまま、彼女に抱き上げられる。

「シュウさん、これを！」

「んぐっ!?」

なにかを口に入れられた。

目を見開くと、それはナディブラの指であった。先端からねばねばとした液体が染《し》みだしているのがわかった。

「んっ、ぐっ……！」

「はい、いっぱい舐《な》めてくださいね～。そうしないと効果がありませんから」

「んんっ……ぐぉ……」

得体《えたい》の知れない液体を飲むのは怖かったが、すでに修佑の身体は言うことを聞かない。

ナディブラが自分の指を、ゆっくりと前後させて、その液体を修佑にねぶらせる。甘すぎる味が口に広がって思わず吐き出しそうになるが、ナディブラがすかさず修佑の鼻をつまんだので、飲むしかなかった。

「んんッ!?　ぐぉ……あぐ……んんぐ……」

「は～い、良い子良い子～……全部飲んでくださいね～」

喉奥《のどおく》まで遠慮なく指が突っ込まれる。

人に見られたらどう思われるだろうか――そんなことが一瞬頭をよぎったが、口にあふれる

甘さがそんな思考も押し流した。

「えらいですよ～、そうそう、ごくごくしてくださいね～」

「ぐっ……げほっ……がはっ……」

手を離すナディブラ。

修佑は勢いよく咳《せ》き込んだ。ハチミツのような甘さが喉を支配する。

「うふふ、即席の解毒薬ですよ。どうですか、効《き》いたでしょう？」

「そ、それならそうと、先に――あ」

思わずそう口にして、話せる自分に気づく修佑。

「効果抜群《ばつぐん》ですね♪」

ナディブラがふふふ、と笑う。

修佑は体の自由が戻っていることに気づいた。身体の重苦しさも嘘のように消えている。

「……助けに、来てくれたんですか？」

「もちろんです～」

ナディブラは頷《うなず》きながら、修佑の頬《ほお》を撫でた。

「私の部下のせいで酷《ひど》い目に遭《あ》ったようですから……まったく、なんでこんなことをしたのか……」

ナディブラがちらりと見る先には。

修佑を捕らえた怪人が、ぴくぴくと痙攣《けいれん》して転がっている。先ほどまでの修佑のようで、立場が真逆である。

「うっ……ナディブラ……さま」

「もう大丈夫ですよ。この子には電撃を打ち込みましたから」

ナディブラが、転がった怪人を睨《にら》みつける。

「結局、なにがどうなって……？」

「この子……シースネークゾーアが色々と動いて、シュウさんを狙っているのはわかっていました。男女トラブルとか嘘をついてごめんなさい、でもこうしないと、シュウさんのことを守れないと思ったから」

「う、うう……ナディブラ……さま……」

「シーちゃん？　暴走する癖《くせ》は全然直っていないようですね？」

ナディブラの口調は、叱責《しっせき》する母親のようだった。

「ナディブラさん、どうしてここが」

「シュウさんの携帯にGPSをつけていたんですよ♪　私が全力で守るつもりでしたけど……こういうことがありますから」

「勝手に何をしているんですか!?」

油断も隙《すき》もない。

「でも助かったでしょう？」

ナディブラはくすくすと笑いながら、修佑の頭を撫でる。迷子の子どもを見つけたような仕《し》草《ぐさ》であった。

対等な生き物として――男として頼られていたわけではなかったのだ。

「さあ、シュウさん。この子を運びましょう、人に見られないようにしないと」

「は、はい――」

電撃でぐったりした怪人を、ナディブラは片手で抱える。

運びましょうなどと言いつつ、修佑の仕事はなかった。ナディブラは基本的になんでも自分でこなしてしまうのだから――。

（頼りっぱなしだ……）

自分の情けなさに、泣きたくなってしまう修佑なのだった。


「ううー！　ううぅ～！」

二人が住むアパート――ナディブラの部屋にて。

どこから出したのかわからない鎖《くさり》で、怪人が腕と足を拘束されている。麻痺《まひ》は治ったようだが、当然動けずに床に投げ出されていた。

「シースネークゾーアちゃん。私が改造して作った怪人です」

ナディブラが腕を組んで彼女を見下ろす。

「やはりウミヘビを基《もと》にしたのですか」

「ええ。でも、あんまり上手《うま》くいかなかったんです……ちょっと精神が幼く調整されちゃって――目が離せないから、部下にして面倒見てたんですけど、アステロゾーア壊滅で行方《ゆくえ》知れずだったんです……」

悪の組織で、ナディブラが担当していたのは主に生物改造や洗脳。

海魔女と呼ばれた彼女の技術は、人間のそれをはるかに凌駕《りょうが》する。

とはいえ怪人とバレる危険を考えると、その技術を社会利用してもらうのは憚《はばか》られた。おかげで、彼女の技術とはまったく関係のない外資企業に勤務しているわけだ。

「ナディブラ様！　ナディブラさまぁ！」

「慕《した》われていますね……」

「貴様が！　このくず人間が！　ナディブラ様をたぶらかしおって！　許さんぞ人間！　必ず我が出血毒で、細胞の一片も残らず溶解させてくれぐぶぁあっ!?」

最後まで話を聞かず、ナディブラがシースネークゾーアを蹴《け》り飛ばした。

あご（らしき部分）を蹴られ、もんどりを打つ怪人。

「シーちゃん、ダメですよぉ。この人は私の大事な――なんですから」

大事な、のあとに続く言葉は、小さすぎて修佑には聞こえなかった。

『大事な内臓』とかではないことを祈るばかりだ。

「な、何故《なぜ》ですかナディブラ様！　組織の中でも、最も強くて凛々《りり》しいあなた様が、なぜ男に骨抜きに……！」

「私、もともと骨はないですけど」

さらっとそんなことを言うナディブラ。

「大体、もうアステロゾーアは壊滅したんだから、そんなのどうでもいいじゃないですか。私は私として生きると決めたんですよ？」

（強い……）

口を挟《はさ》めないまま修佑は思う。割り切り方が尋常《じんじょう》ではなかった。

「シーちゃんも、切り替えて新しい生き方を見つけてくれれば良かったのに」

「うう、ナディブラ様ぁ……私は、あなたにずっとお仕《つか》えしたかったのに……」

「ジャオロンちゃんと一緒だったんじゃないんですか？」

ジャオロン。

未《いま》だ首領とともに逃亡を続ける、アステロゾーア幹部の名前である。

悪の組織屈指《くっし》の武闘派であることもあり、リクトー社が最大限の警戒をしている相手だ。

「あのような乱暴者のところになどいられませんっ！　私は単独で行動し、ナディブラ様のお力になれるようにと――」

「なるほど？　それで、私の周りをかぎまわった上、シュウさんに襲いかかった……というわけですかぁ」

「ううぅ。で、ですがこいつがミズク様も……！」

「ええ、ミズクちゃんともども、シュウさんのお世話になってますよ。アステロゾーアがなくなった以上、人間の協力がないと、私たちは生きていけません。シーちゃんだって相当苦労したでしょう？」

「ぐぬぬ……」

組織の後ろ盾《だて》もなく、一人で行動する怪人。

そのような者もいるのか——と修佑は頭を抱える。

彼らが人間に害をなす行動をすれば、ヒーローが黙っていない。現状、リクトーの情報網《もう》でも引っかかっていないから、どの怪人たちもひっそりと行動していると思われた。

とはいえ、自由に動ける怪人たちが、社会に潜《ひそ》んでいるのだとしたら大きな問題だ。いつ一般市民が襲われるかしれない——というか、実際修佑は殺されかけた。可能な限り早く、怪人たちの動向を把握したいところだ。

修佑の、リクトー社のやるべきことはまだまだある。

「で、なぜこんなことをしたんですか？」

修佑が聞くと、シースネークゾーアは牙を剝《む》き出し。

「決まっている！　私はナディブラ様が、なぜ組織を抜けて人間と共に過ごしているのか、それが知りたかった……原因はお前だ！　人間だ！　お前になぜか執着し、あれこれと世話を焼いている……！　何故だ、私には、まったくわからん……！」

「それで僕は殺されかけたんですか……」

「お前さえいなくなれば、ナディブラ様も戻るだろう！」

ナディブラはそう言われて、ふるふると首を振った。修佑がいなくなったところで、ナディブラがアステロゾーアの仲間のもとに戻るわけではないようだ。

（まあ、安心した――）

修佑は内心でほっと息を吐く。

シースネークゾーアが修佑を狙ったのは、単なる怨恨《えんこん》だった。その理屈は理解できないとはいえ、狙われる理由はしごく個人的なものだった。

無差別に誰彼なしに襲う、危険な怪人でないとなれば――社会復帰も可能だろう、と判断した。

「教えてあげますよ、シーちゃん。私が戻らない理由、それは――愛です」

ナディブラが語りかける。

「私は人間を通して理解しました。愛は全てを救うんですよ」

「うう、ナディブラ様ぁ……」

慈愛《じあい》に満ちた顔のナディブラと、それを聞いて泣いてしまうシースネークゾーア。言っているナディブラにしてみれば、感動的説得のつもりかもしれないが、『愛』を向けられている修佑にしてみれば、素直には受け取れない。

ナディブラの愛は、やがて彼女の内臓になる、ということだから――。

苦い顔をするしかない修佑だった。

「さて」

ナディブラが。

手首からなにかを伸ばした。イソギンチャクのような触手《しょくしゅ》、しかも先端には鋭いトゲが生《は》えている。

「シーちゃん。人間社会の治安なんて、私はどうでもいいですけれど――あなたを放置しておくとヒートフレアをはじめ、人間たちの警戒が高まってしまいますよね。しかも私の大事なシユウさんを殺そうとした。到底《とうてい》許せるものではありません……わかりますね？」

「えっ？　な、ナディブラさん？」

雰囲気《ふんいき》が、一挙に剣呑になる。

「シーちゃんを作ったのは私です。せめてもの責任として介錯《かいしゃく》してあげましょう。ヒートフレアに斬《き》られるよりはよっぽどいいでしょうし……痛くしませんからね」

「――は。やむを得ません、ね……」

縛られて動けないまま、ナディブラに首を差し出すシースネークゾーア。

「いやいやいや、ちょっと待ってください！」

さすがに見過ごせず、修佑はそこに割って入った。

「シュウさん？　なにか？」

「なにか、じゃないです！　なぜナディブラさんがこの子を殺す話になっているんですか！」

「人間社会で、勝手に動く怪人なんて放置できませんよね？」

「も、もちろんです。だからリクトーで監視して、必要な就職先を探しますよ。それが僕の仕事ですから」

修佑は必死でかばうが――。

「ふ、ふざけるなぁー！　誰が貴様の世話になどなるかぁー！」

何故か、かばってるはずのシースネークゾーアから文句があがる。

怪人たちは怪人たちの論理で動いているのだろうが、修佑としてはとても納得できるものではなかった。

「いいえ。監視外の怪人は見つけ次第《しだい》リクトー社に報告しなければなりません。ここで殺されては困ります」

「私は――ただ、アステロゾーア時代に生み出してしまったこの子を、適切に処理するだけのつもりだったんですけれど……」

ナディブラは本気で困惑《こんわく》していた。

修佑が怪人をかばう理由が、本当にわからないらしい。

「それにシュウさん。ただでさえ残業続きなのに……担当する怪人が増えたら、ますます仕事が増えてしまうんじゃないですか？」

「それはどうでもいいです——とにかくこの子は、人間社会で生きてもらわなくては困ります」

「シュウさん、優しいのは美徳ですが……この子は気性の荒い怪人ですよ。放置したら暴れるかもしれません」

「そうならないように僕がいるんですよ」

「シュウさん自身が殺されかけたのに？」

「だからこそです、この子が二度と同じようなことしないように、僕が人間社会のことを教える義務があります。それが僕の仕事です」

修佑は頭を抱える。

ナディブラは——修佑のことを気遣《きづか》っているようでいて、その実、彼がなぜブラック企業を続けているのか、その理由もよくわかっていないらしい。

給料も安い。仕事も多い。そんな中でしがみついているのは。

怪人たちを助けることが、どうにか意欲となっているからなのだが——。

「まあ……シュウさんがそう言うなら……」

ナディブラの手首から伸びた触手が、しゅるしゅると戻っていく。

ナディブラは、シースネークゾーアへ顔を向けた。

「良かったですねシーちゃん。シュウさんに感謝して？　迷惑をかけたら承知《しょうち》しませんよ」

「え？　えっ？　い、いやお待ちくださいナディブラ様！　私めに人間として生きていけとおっしゃるのですか！」

「もちろんです。そうだ、よければ私と一緒に住みませんか？　シーちゃんが、ちゃんと人間でいられるか、私が監視してあげますから」

「えっ？　わーいやったーナディブラ様と同居だ！　……はっ、いやいやそうでなく！　困りますナディブラ様ぁ！」

テンションの上下が激しい怪人であった。

ナディブラが言った、精神性が幼いという言葉を思い出す。

動物を改造して生み出された怪人は、動物だったころの記憶をほぼ持たず、ほぼ真っ白な状態から怪人として活動するらしい。アステロゾーア侵略から一年も経《た》っていないのだから、中には子どものような振る舞いをする怪人もいる。

そうした怪人も、修佑やミズクが根気よく現代社会の常識を教えて、人間として生きているのだった。

このシースネークゾーアもそうなってくれればいいのだが。

「では、シースネークさん、よろしくお願いしますね」

「ええい貴様の言うことなど誰が――っ」

抵抗しようとしたところで、じろりとナディブラに睨まれた。

「うふふ♪　シーちゃん？」

「――不本意だが、ナディブラ様の命だ。従うほかあるまい……」

シースネークゾーアがもぞもぞと動く。

不承不承《ふしょうぶしょう》であったが、ひとまずは納得してくれたようだった。ナディブラを介せば言うことを聞くのだと理解した。

「シュウさん、本当にいいんですか？」

「いいんです。これが……社会や怪人のためになると思ってますから。それにシースネークさんが、無差別に人を襲うわけではないのは、ここまで話してよくわかりました」

「シュウさんのためにはなるの？」

「それは、ええと……」

言い淀《よど》んでしまった。

身を粉《こ》にしてまで、厳しい仕事をやる必要があるのか――と聞かれている。

「もうちょっとだけお給料をもらえたら、もっとやりがいもあるんですけどね……」

「やっぱり処刑しておきます？」

「その選択肢《し》はナシで！」

シースネークゾーア。ナディブラ的には割と目をかけている部下のようだが――それでもあっさりと殺してしまいそうな怖さがある。

「とにかくシースネークさんの処遇は、すぐに決定します。しばらくはナディブラさんの部屋にいてもらえればと……」

「わかりました」

存外《ぞんがい》素直に頷く。

「うう……敗北した以上は仕方がない。だが、人間、勘違いするなよ！　貴様のことを認めたわけではないからな！　ナディブラ様によこしまな感情を抱いたらげふぁっ！」

「こっちはよこしまな感情を抱いてほしいんですけど？　ずっとアプローチしてるんだから……シーちゃん、余計なことは言わないでね？」

「ぐ、ふうっ、ナディブラ様の蹴り……ありがとうございますっ！」

何故か感謝するシースネークゾーアだった。

（だ、大丈夫かな……）

新しくやってきた怪人と、ナディブラの関係性がよくわからず、修佑は困ったような笑みを浮かべるしかなかった。

それからしばらく、忙しい日々が続いた。

理由は簡単、シースネークゾーアの受け入れ先を探していたのである。

とはいえ、シースネークゾーアの精神性はやや幼く、危険性が高い。それにナディブラの言うことなら抵抗もせず受け入れる点も、また危うさだと判断した。真っ当な企業ではトラブルの危険が大きいと考えた。

(仕方ない――)

修佑は迷ったが、新しいプランを試してみるしかないと判断した。

資料一式と、新しいフィルムを持って、修佑はナディブラの部屋を訪れる。

「――というわけで、シースネークゾーアさんの行き先が決まりました」

「無事に決まって良かったです。どこになりましたか?」

「学校です」

修佑は告げながら、学校の資料をナディブラに渡す。

「学校――ってたしか、人間の幼体が成体になるまで学ぶ場所……ですよね? 警備員のお仕事……とか? 向いてないと思いますけど」

「いえ、生徒として編入してもらいます。学ぶ側ですね」

「ええ……?」

ナディブラは困惑していた。それはそうだ。

怪人の就職先を探していたのに、なぜが学校の話になっている。

ちなみに当のシースネークゾーアは、渡されたフィルムの使い方がわからないのか、色々といじくりまわしている。破損《はそん》されないかひやひやした。

「弱い個体ばかりの場所なんですよね？　侵略してた私が言うのもなんですが、そんなところに怪人を放りこんで大丈夫ですか？」

「実は、政府の方から——社会で働いている怪人たちの教育がろくにされてないと、お叱《しか》りがありまして……」

「へえ？」

ナディブラが怒気《どき》のこもった声をあげる。

「リクトー社だけでは教育が行き届かないので……ならばもう、怪人も学校に行かせろ！　と政府から言われたらしく……」

「すごいこと考えますね人間は……」

ナディブラが呆《あき》れたように言う。修佑もまったく同意見だ。

「ちなみにこちらの学校、すでに教師として怪人が二名、働いてらっしゃいます」

「お、教えるほうでも働いてるんですか!?」

さすがのナディブラも驚いたらしい。

修佑は黙って資料を渡す。

ミズクの部下である獣人《じゅうじん》系の怪人が、すでに教諭の資格を取っている。どちらも人間社会にしっかり適応している人材であり、教師としての評判も上々だった。

「あー、ミズクちゃんのとこの……じゃあ頭もいいし平気か……」

「もちろんリクトー社の社員も常駐しますが――」

「トラブルがないと良いですね」

修佑の胃がずしりと重くなった。

もちろんなにかトラブルがあれば、修佑が駆けつけなければならない。学生たちの保護者には、怪人がいるなど周知しているわけもない。

「まあ、シーちゃんには人を襲わないよう厳命しておきましたし……他の怪人たちもいるなら変なことはしないと思いますよ？」

「そ、それならいいんですが――」

修佑は、シースネークゾーアのほうをちらりと見て。

「シースネークさんは、戸籍《こせき》上、ナディブラさんの妹として登録しました」

「まあ、妹ですか？」

「ええ。ですのでなにか事件があれば、シースネークさんだけでなく、ナディブラさんも職場にいられなくなる可能性があります――よろしいですか？」

「私は良いですよ」

さらっと応《こた》えるナディブラだった。

ともすれば修佑よりも、充実した人間生活を送っているナディブラだが――その地位には一切執着する様子がない。

人間社会のルールや、そこで築いた地位を、本心ではどうでもいいと思っている証拠だ。修佑にはそれが恐ろしく感じられる。

「シースネークさんも……なにかあれば、ナディブラさんが危うくなるので、どうか過激な行動は慎《つつし》んでくださいね」

「わかっている！」

フィルムを身体に巻きつけて、シースネークゾーアが叫んだ。

「話は聞いていたぞ、人間に混じって学べばいいのだろう！　ナディブラ様にご迷惑をかけるような真似《まね》はせんぞ、しっかりガクセイとやらをやってみせる！」

「よしよし、良い子ですね。ほら、フィルムが変になってますよ～」

「あぁう……お手をわずらわせまして……」

フィルムをとり、シースネークゾーアに着せてあげるナディブラ。

その様子だけを見るなら、子どもの面倒を見る母親のようだった。シースネークゾーアの懐《なつ》き方といい、やはり可愛がっていた部下の一人なのだろう。

一方で、危険とわかればすぐ処断しようとしたのも事実だ。

その割り切り方は——結局のところ、ナディブラにとっては人間社会も、部下たちも、こだわる対象ではないということになる。

ではなににこだわるのか。

少なくとも——愛を向ける対象として、修佑にこだわっているのは間違いないようだが。

（まだ僕は……頼ってばかりだよなあ）

シースネークゾーアのことも、同居するナディブラに任せきりだ。

本来なら、独自に行動している怪人は、リクトー社として監視しなければならないが、修佑が全ての怪人を、常時監視などできるはずがない。なし崩《くず》し的にナディブラが保護者の位置にある。

ましてーーナディブラがいなければ、修佑はシースネークゾーアに殺されていた。

（一度、頼ってもらえたと思ったなんて、おこがましかった）

どこまで行っても、修佑はナディブラにとって、庇護《ひご》対象。

シースネークゾーアと同じ、手のかかる矮小《わいしょう》生物でしかないのかもしれない。

「できたぞ！」

やがて、フィルムを身に着けたシースネークゾーアが、おどろおどろしい外見から一転、女学生のような姿になった。

ウミヘビの女怪人の面影《おもかげ》は全くない。

黒髪と、褐色肌《かっしょく》。強気そうな表情。ウミヘビを思わせるものはなにもないが、怪人態を知っているとなんとなく納得できる姿になった。

「ありがとうございます、ナディブラ様！」

「はいはい。擬態フィルムの使い方も覚えましょうね」

「は！　この姿が……人間……！」

擬態した彼女が、手をわきわきさせる。

「あと、私、人間のときは、海那風花《うみなふうか》って名前があるので。外でナディブラとは呼ばないでくださいね」

「承知いたしました！　ええと……海……フ、ロ……？　カニ……？」

「——覚えられないなら、お姉さまで」

「わかりました！　お姉さま！」

シースネークゾーアが、敬礼をした。

擬態フィルムの精巧《せいこう》さもあって、快活な高校生にしか見えないが——もちろん修佑は、自分を襲撃したウロコ怪人の姿も忘れられない。

「話がまとまって良かったです」

修佑が安堵の声を吐いた。

「それで、これからシースネークゾーアさんは、人間社会で過ごすことになります。リクトーの管理下になるわけですが──」

「？　うむ？」

「それにともない、アステロゾーアについて持っている情報を教えてください」

「なにをう！」

しゃあああっ、とシースネークが威嚇《いかく》した。

「だぁれが敵に情報を売るか！　あまり友達……仲間はいないが、だがその怪人たちとて懸命に生きているのだ！　みすみすヒートフレアに居場所を教えるようなものではないか！」

「シーちゃん。言いなさい」

「なっ、お、お姉さまぁ……！」

ナディブラの命には逆らえないのか、情けない声をあげるシースネークゾーア。

「と、とはいえ──私も詳しくは知らぬのです。アステロゾーアの残党は、それぞれの思惑《おもわく》で散り散りになっております。一部は徒党を組んでいるはずですが、私のように単独で行動しているものも多いのではないでしょうか」

そう、すんなり教えてくれるシースネークゾーア。

「……人間社会に害意を持つ怪人さんは多いのでしょうか？」

「いいや。大半の怪人たちは生き延《の》びるのに精一杯《せいいっぱい》のはずだ。特に食性は怪人たちによってまちまち。偏食の怪人は、人の目を盗んで食事を確保するだけでギリギリだ」

「そ、そうなのですか」

「無論だ。人間の目に触れれば、すぐにヒートフレアが飛んでくる。人知れず行動することを最優先にしているはずだ」

「……でもシースネークさん、襲ってきましたよね」

「ヒートフレアなにするものぞ！　私はお姉さまが最優先だ！」

ナディブラは慕われているのが嬉しいのか、くすくすと笑う。

ヒートフレアが怖いのかそうでないのかいまいちわからない。強敵だが自分が戦えば勝つ、というくらいには思っているのか。

その点は、ミズクもナディブラも同じに思えるが。

「それで……他の怪人さんたちの居場所は、ご存知なんでしょうか？」

「一時期、私とともに行動していたやつらの拠点《きょてん》は、ある……だが、いまだ同じ場所にあるかはわからん」

「教えていただけますか？」

「ええと、ち、地名？　ジューショ？　だったか、それがわからん！　怪人たちの匂《にお》いで位置を把握していたからな！」

とんでもない回答が返ってきた。

よくよく考えれば、住所、などという概念《がいねん》は人間だけのものだ。シースネークゾーアが知らないのも無理はない。

「まあ、歩いて行ける距離だ」

「怪人さんの歩く距離、かなり人間と開きがありそうですね……」

おそらく都内のどこかだろう、と修佑は当たりをつけた。

「……とりあえず、その拠点については私がじっくり聞き出しておきますね。どこにも属さない怪人たち、放置できませんから」

「お、お願いします」

修佑はそう言うしかない。

シースネークゾーアに協力の意思があっても、明確に伝えられないのでは意味がない。匂いをたどれと言われても困る。

「そういえば——イデア様と、ジャオロンちゃんは？　あの子たちも固まって行動しているはずですよね？　シーちゃん、知りませんか？」

イデア。

アステロゾーアの首領の名前だ。

リクトー社が最も警戒している、最大勢力の残党。首領が健在である以上、まだ悪の組織との戦いは終わってないともいえる。

「先日も言いましたが、私は存じ上げません。か、かんとー？　近辺にいるのは間違いないと思いますが――」

「ふうん。そう。わかりました」

大した情報はないようだった。

ナディブラもすぐに興味を失《な》くす。

「……ナディブラさん、お仲間のことが気になりますか？」

「まあ……気にならないとは言えませんね。古巣ですから」

先日は、かつての組織には興味がないような言い方をしていたが――。

「この子もそうだけど――怪人が暴れたら、私たちの立場も危うくなります。もしそうなったら、シュウさんと離れてしまうかもしれないでしょう？　可能なら今のうちに、私がお掃除しておきたいんです。アステロゾーアの怪人たちをね」

「――――」

斜《なな》め上の回答に、修佑は頭を抱えた。

かつての組織に思い入れがある、という風ではなかった。

「お姉さま、掃除好きですものね！」

「ええ。キレイにしておかないと、同化する時に困るでしょう？」

「私もお手伝いします！」

「じゃあその時になったら、頼もうかしら」

なんだか穏当《おんとう》ではない会話が交わされている。

本来は怪人たちによる被害を心配しなければならないのに――いつの間にか怪人たちの心配をしている修佑だ。

「あの……怪人を見つけたら、まずリクトー社に報告を……」

「シュウさんの仕事が増えるでしょう？」

「増えても構わないので！」

以前も交わした会話なのに、理解してもらえていない。

このままでは本当に、ナディブラが修佑のために、かつての仲間を『掃除』しかねない。

「シースネークさんも、よろしくお願いしますね……」

「む？　なんだかわからないが、わかった！」

「本当に、お願いしますね……」

ただでさえナディブラから同化を狙われているのに、ますます気苦労が増えてしまう。

その一方で、シースネークゾーアとナディブラは、なぜか意気投合している。先日殺し殺されの関係だったとは思えない。

どれだけ多くの怪人たちと付き合っても、彼女たちの価値観は、その一端さえも摑むことができないのであった。

「おー、働いとる働いとる」

それからしばらくした日曜日。

修佑は、珍しく自室でゆっくり過ごしていた。

なにしろ出勤なしの日曜日は、二カ月ぶりである。上司の急な仕事依頼や、怪人によるトラブルなどで携帯が鳴りさえしなければ――このまま過ごせる。

そんなタイミングを見越したかのように、来客があった。

「ほれ、原宿《はらじゅく》でたぴおか買って来たぞ」

「ミズクさん」

いかにもギャル、という格好《かっこう》をしたミズクであった。

キツネ耳と尻尾は隠しているが、遠慮なくへそを見せたり、シースルーのトップスで胸を強調したりと、露出《ろしゅつ》多めの姿は目を引く。

ましてや誰もが振り返る美人である。修佑は見ていてドキドキする。

恋愛的な意味ではなく――怪人が目立つ格好をしていることへの不安だが。

「ナディブラめに妹ができたと聞いてな。顔を見に来たぞ」

特に報告はしてないのだが、使い魔のおかげで情報は知っているらしい。

「はい、ええと……今、僕の部屋を掃除してくれています」

「は？」

何事にも動じないミズクの目が点になった。

見れば、部屋の隅《すみ》には、学生服を着た少女がいる。せっせと窓の拭《ふ》き掃除をしてくれていた。

「こいつ……え？　こいつがシースネークか？」

「お久しぶりですミズク様！　ミズク様、お菓子くれるから好きです！」

「お、おお、中身は変わっておらんの……」

タピオカミルクティーを持って、どかっとソファに座ったミズクだった。

「え？　制服の女を部屋に……？　ぱぱ活ってやつなのじゃ？」

「違います！」

「未成年略取……」

「法律知識しっかり覚えていただいてありがとうございます！　でも違うので！」

ヤケになりながらも否定だけはきっちりする修佑。

「シースネークゾーアさん……いえ、今は海那椎《しい》さんというお名前で、学生をやってもらっています」

「他に服がないので制服で過ごしております！　怪人名は長いので椎とお呼びください！」

元気がいい。

まだ学校に編入して数日であるが、この明るい性格で意外と馴染《なじ》んでいるようだった。いつの間にか、南国の島国から来た元気な子、という扱いになったらしい。そういえばウミヘビは

南国の生き物だ。

「そうか。まあうまくやっておるなら良かった」

「ミズクさんも、わざわざ来ていただいて……」

「わしもかつて幹部だった責任があるからのう。気にせんわけには」

ミズクには、まっとうに後悔というか――かつての仲間を思う心があるらしい。

ではナディブラはどうなのか。

ナディブラはあまり自分の過去を話してくれないし、人間の修佑から見ればわかりづらい部分も多々ある。

「んで、お主なんで掃除しとるんじゃ」

「お姉さまが多忙で、数日戻らないとのことで……白羽の部屋を掃除しておけ！　と命令されました！」

「ナディブラが多忙？　……ふむん？」

椎はせっせと働き、修佑の部屋を掃除していく。

意外と仕事はできるらしく、掃除は細かな埃《ほこり》も残さぬ徹底ぶりであった。命令されると嬉しくなってこなすタイプらしい。

「僕も手伝うと言っているんですが……」

「これは私がお姉さまから受けた命令だ！　邪魔をするな人間！　お姉さまがいなければお前

は今頃、私の毒でこの世にいないんだぞ！」

「この調子でして……」

修佑は息を吐く。自分の家なのに家事もさせてもらえない。修佑の世話を焼くためならば、妹分も遠慮なくこき使うというのに――。

当の修佑には一切の労働が許されない。

（やっぱり――対等には程遠いなあ）

いつになったら、ナディブラは自分を見てくれるのか。

一個の独立した生物として理解してくれるのか。

そんなことを思う修佑だが――これは、ナディブラという怪人の根幹にかかわる問題であった。そう簡単に変わることはないだろう。

「……ま、まあ、うまくやっとるようでなによりじゃな」

ミズクも困惑しつつも、タピオカを飲んでくつろぎ始めた。

「アステロゾーアもこの調子なら、怪人を減らすことなくリクトーの庇護下に入るじゃろ。誰一人欠けることなくそうなればいいのう」

ミズクは呑気《のんき》であった。

「しかし――どんどん周りに女が増えるのう、お主」

「た、たまたまだと思うのですが……」

「こやつもはーれむ入りするかもしれんぞ？」

「誰がこんなやつ！　私はお姉さま一筋です！」

わざわざ掃除の手を止めてまで、椎がそんなことを言う。

「え、えぇと、ハーレムはともかく……椎さんも好きな人と同化したい、というふうに思ったりするのですか？」

世間話《せけんばなし》の、ごく軽い気持ちで修佑は聞いてみた。

「貴様！　自慢か！　お姉さまに愛されているという自慢かぁ！」

きしゃああ、と威嚇されてしまった。

「そ、そういうわけでは……」

「ぐぬぬぅ。やむなく従っているが……お姉さまはなぜ、こんななんの取り柄《え》もなさそうな普通の人間を……ウミヘビとヘビの区別もつかなそうなのに……」

好き勝手言われている。

人間の姿になっても、海那椎はまったく修佑に懐いてくれない。文句ばかりだ。

「まあ、お姉さまはアステロゾーアを作り、数多《あまた》の怪人たちを改造してきたお方。なにか深淵《しんえん》なお考えがあるのだろうが――」

「えっ？」

「ん？」

突然、すごい話をされた気がして、修佑は声をあげてしまった。

「アステロゾーアを……悪の組織を、作ったのですか、ナディブラさんが？」

「は？　──なんだ貴様、知らなかったのか」

むしろ椎のほうが驚いている。

「み、ミズクさんは知っていたのですか？」

「もち。じゃがナディブラ本人が言わなかったのなら、他の者もわざわざ言うこともなかったんじゃろ。お主ら、別に悪の組織の歴史には興味なかろ」

「たしかに……」

危険性のある組織であることは承知していた。

だがその起源まで探ろうという者はいなかった──そもそもリクトー社自体が、目の前の危機に対処するので精一杯だった。

怪人たちがどう生きてきたのか。

なにを考えているのか──気にしているのは、修佑だけではなかったか。

「貴様ぁ！　そんなことも知らずにお姉さまに好かれていたのか！　ふざけるな、うらやま……いや、無責任だろうが！」

「す、すみません。おっしゃる通りです！」

「世話している者の来歴くらい知っておけマヌケ！」

椎が雑巾《ぞうきん》を投げつけそうな勢いで叫ぶ。

「まあまあ」

ミズクがくすくすと笑う。

いつの間にか扇子《せんす》を取り出していた。若々しいギャルの姿なのに、扇子をあおぐ姿が妙に似合う。

「のう修佑、お主――ナディブラのこと、知りたいか？　少しでも？」

「……知りたいです」

「くふふ。見ろ椎。人間の中にも、少しは我ら怪人に興味を持つものが出てきたようじゃぞ」

ミズクは、全てを見透かしたような顔をしていた。

「お主は、ナディブラに対等に見てほしいと言っておったな。じゃが、お主こそ、ナディブラを、そこまで知らぬまま今日まで来た。興味、あまりなかったか？」

「すみません。興味がないというより……ええと、目の前のことに精一杯で」

「それはブラック企業がぴえんでぱおんじゃの……」

こんなところでも同情される修佑だった。

「とはいえ、本人が話さぬことを、気軽にわしらが言うわけにもいくまいよ――今にも全部教え込んでやる、と言わんばかりのウミヘビもおるが」

「ナディブラ様の素晴らしさを骨身に叩《たた》きこんでやりたい……」

「鎮《しず》まらんか」

今にも噛みつきそうな椎の頭を、ミズクが扇子でぽんと叩く。

「ナディブラさんは、アステロゾーアにあまり興味がないというか――もう割り切っているようだったので」

「無論、割り切っておるのじゃろ。だが割り切り方、整理のつけ方は、人間とは少々違うかもしれぬな。未練などというものは、キレイさっぱり掃除してしまったほうがいい――と思うタイプじゃな、あの女」

くふふ、とミズクは笑う。

「まあ、いま言えるのは――アステロゾーアはそもそも、ナディブラが首領のために作った組織であってな。次元を食いやぶり、あちこちの世界を渡り歩くうちに――いつの間にか、大きくなってしもうた。ナディブラの意思だけでは動かせないほどにな」

「……組織」

それは、人間の会社も同じことかもしれない。

会社が大きくなればなるほど、関わる人間も増えていく。一人の思惑だけでは動けなくなっていく。

組織の事情も汲《く》んで行動しなければならないのは、ヒーローのヒートフレアも、平社員の修佑も同じだろう。

「お姉さまはすごいのだ！」

なぜか椎が胸を張った。

「ま、今言えるのはこれくらいじゃな――どうした、落ちこんだ顔をして」

ミズクが鋭く、修佑の心中を見抜く。

自分は、ナディブラに頼りにされたいと思っていた。その一方で、ナディブラの過去、来歴にすら興味を持っていなかった。

ただ対等に見てほしいというのは、修佑のエゴだったのではないか。

自分がまず、まっとうに、ナディブラのことを知るべきではなかったのか。

「む。急に静かになりましたね。どうしたのでしょうか」

「椎よ。良いことを教えてやろう――落ち込んだ男にはな、ただ傍《そば》に寄り添うだけで、勝手にこっちを好いてくれる。キャバ嬢には必須《ひっす》てくじゃぞ？」

「よくわかりませんが、今、学生の私には不要な気がします！」

ミズクは、傾城《けいせい》の美貌《びぼう》でくすくすと笑ったままだ。

「ま、これで少しは……互いをまっとうに見れるじゃろ。なあ、修佑――反省したか？」

「は、はい……自分が未熟でした」

「お主には世話になっておる。お主の自省のきっかけになれたのならば、それだけでバイブスあげみざわじゃな」

ミズクの言葉に、修佑は頭を下げた。ミズクは満足そうに笑うのみだ。

椎だけが、話の流れがわからないようできょとんとしている。

「椎さん、ナディブラさんの帰る日はご存知ですか」

「む。今日の夜には戻ると言っていたが――」

「わかりました。ありがとうございます」

修佑は心に決める。

ナディブラに甘えまいとしていたが――実はずっと甘えていたのだ。

彼女がなんでもしてくれるのにかまけて、自分が彼女と対等になることを放棄《ほうき》していた。

まずは、自分がナディブラのことを知らなくてはならない。

「男と女というやつは……いつになっても手がかかるのう」

背中を押してくれたギャル妖狐《ようこ》は。

見た目にそぐわないことをつぶやきながら、タピオカを飲み干すのであった。

第四章　たとえヒーローでなくとも

Yoshino Origuchi Presents Onna Kaijin san ha Kayoi Duma

修佑《しゅうすけ》が、ナディブラと向き合う決意をしてから、一週間。

大変珍《めずら》しいことに、ナディブラは仕事を理由に、まったく家に帰らなかった。

彼女はこれまで、残業さえしたことがなかった。ナディブラほど優秀でも、家に帰れないほどの激務なのだろうか。

「お姉さまの留守は私が任されている」

そう言うのはシースネークゾーア。海那椎《うみなしい》だった。

昼間は学生として、そして夜はナディブラの代わりに部屋を掃除し、夕食を作ってくれている。

修佑のことは嫌いだと公言してはばからないが、その割に仕事が丁寧《ていねい》であり、料理も初めて作るとは思えないほど美味《おい》しい。

ナディブラから与えられた任務と考えているようで、忠実にこなしていた。

またミズクも、ナディブラが不在なのを心配して、頻繁《ひんぱん》に来てくれる。

キャバクラの客からもらったらしいお菓子を持ってきては、椎と一緒に食べていた。面倒見《めんどうみ》のいいミズクらしいが、人の家で泥酔《でいすい》するのはやめてほしかった。

職場から帰ってきても、なんだかんだと怪人たちが出迎えてくれるわけだ。一人で過ごす時間がないのは、ありがたいことだった。

ただ。

ずっと出迎えてくれたナディブラがいないのは、心配だった。

「大丈夫でしょうか」

「なにがだ」

夕飯の時。

ふと修佑がそんな風につぶやくと、シーはぶっきらぼうに答えた。

彼女はいつも制服姿で、修佑の前では擬態《ぎたい》フィルムを脱ぐこともない。『早く人間に慣れなさい』とナディブラに言われたのを律儀《りちぎ》に守っている。

「ナディブラさん、もう一週間も帰っていませんから――」

「お姉さまもお忙しいのだろう。私はお姉さまに言われた仕事をこなすだけだ」

「なにか聞いていませんか?」

「いいや。しばらく留守にするから、家と貴様のことを頼まれただけだ」

シーは歯を剝《む》き出して威嚇《いかく》する。

人間の姿であっても、そういう仕草《しぐさ》が人でないことを意識させる。

「不思議だ。改めて、ここ数日見ていたが……やはりなんの変哲《へんてつ》もない、普通の人間でしかない。お姉さまもミズク様も、なぜ貴様に構うのだろうか？」

海藻《かいそう》を食べながら、シーが睨《にら》みつけてくる。

「それは――僕もわかりません。ただのブラック社員なのですが」

「理由はあるはずだ」

「ある――のでしょうが……」

強《し》いて言えば、ブラック社員として怪人たちの面倒を見ているからだろうか。ミズクも含めた多くの怪人からは、その理由で好かれている自覚はある。

しかし、ナディブラに限ってはそれはない。

なにしろ彼女は、一人で大抵《たいてい》のことはこなしてしまうからだ。

「やはり、ナディブラさんの一時の気まぐれ……のようなものでしょうか」

「人間の恋愛というのは大抵そういうものではないのか。よく知らんが」

「そうかもしれませんが――」

「大抵の生物にとって、恋愛とはすなわち、生殖の前交渉《こうしょう》に過ぎない。要するに、子供を作るに足る相手か判断する、ということだ。恋愛感情、などという複雑なものはない」

学生の姿のシーに、あけすけと言われると困ってしまう。

だが、それもまた一面の真実なのだ。

ナディブラも、修佑のことを愛していると言っているが——仮に彼女の欲望通りに同化してしまったらどうなるのだろう。

修佑の存在は消え、ナディブラの一部となる。

そうなると、今まであったはずの『愛』も消えてなくなるのだろうか。

「ナディブラさんにとっては、そうなのかもしれません」

「だが貴様は人間だ、普通の人間として恋愛をするのだろう。その辺《あた》りの差を、お姉さまはどうお考えなのだろうか」

「どうもなにも、同化して終わり……ではないかと」

「ふん。生殖のための一器官としか見なしていないのか。ならばとっとと同化してしまえばいいものを……一体なんでこんなに世話を焼くのか——」

そこで、シーははっと気づいたように。

「おい、よもやとは思うが」

「え？」

「まさか——お姉さまのほうも、貴様に惚《ほ》れた理由がよくわかってない、などということはあるまいな？」

「いや……それは、どう、なんでしょうね？」

「ぐぬぬぅ……や、やはり貴様っ！　お姉さまをたぶらかしているのではないか！　気高く美しいお姉さまを惑《まど》わしたら許さんぞ！」

シーがその口を開けた。

フィルムでは隠しきれない怪人の口内が見えた。小さく可愛《かわい》らしい口だが、鋭いウミヘビの牙《きば》が見える。

「やはりエラブウミヘビの毒で殺してやればよかったか……！」

「いや、そ、そんなんじゃないですって！　僕に……なにがあるわけでも、ないと思うんですが……」

「ぐぬぬ、貴様！　はっきりしろ！　見ててイライラする……」

があぁ、と今にも嚙《か》みつきそうなシーだが。

「――なにしてるんです？」

冷たい声が、響いた。

「あ、お、お姉さまっ！」

いつの間にか、部屋にはナディブラが帰ってきていた。

（いや、ここ、僕の部屋だけど――）

自室ではなく、真っ先に修佑の部屋に来るのがなんともナディブラらしい。

スーツを着た海那風花《ふうか》の姿で、彼女は腕を組んでいる。その顔には明らかに、疲労の色が見て取れるのだった。

「シュウさんの面倒を見るように、言っておいたはずですけど」

「はい！　食事を作り、部屋の掃除をしておきました！」

「そう。それなら……いいです。シーちゃん、偉いですね。後片付けもお願いします。私は――ちょっと部屋で休みますから」

「承知《しょうち》しました。ごゆっくりどうぞ！」

ナディブラが、踵《きびす》を返す。

「ごめんなさい、シュウさん……色々と落ち着いたら、またお世話してあげますね」

「あ、い、いえ、そんな」

「おやすみなさい」

話す機会が欲しいと思っていたのに、結局喋《しゃべ》れないまま、ナディブラは去って行ってしまった。シーが深々と頭を下げている。

よほど疲れているらしい。

（……怪人なのに？）

どれほど連勤しても、疲労など見せなかったナディブラが憔悴《しょうすい》した様子だった。

「ぐぬう。お疲れのようだな……」

シーも心配そうであった。たしかにいつものナディブラとは、随分《ずいぶん》様子が違った。

(フィルムも脱がなかったな……)

本来の姿を見てほしいから擬態は嫌いだとナディブラは言っていた。

今は帰って来たばかりで、フィルムを脱ぐのさえ億劫《おっくう》だったのだろうか。

「……片付けましょうか」

「貴様は手を出すな！　私がやる！」

「は、はい……」

相変わらずなにもさせてもらえない修佑であった。

シーがいそいそと片付ける横で、修佑は考える。あれだけ憔悴したナディブラは初めて見るし、心配だ。

(なにか、できることがあれば——)

今日まで、ナディブラには散々《さんざん》世話になった。

彼女と向き合うと決めたばかりだ。してもらうばかりでなく、自分ができることをすればいい。それを繰り返せば、いずれナディブラのことも知れるだろうし。

修佑を対等に見てくれる日も来るかもしれない。

「シーさん。ちょっとここはお任せします」

「もちろん任される——どこへ行く気だ」

「ナディブラさんの様子を見てきます」

「……ぬう。変なことをするなよ」

「しませんよ」

シーから止められるかと思ったが、特にそんなこともなかった。

いくら疲れているとはいえ、修佑が力ずくでナディブラをどうにかできるとは思ってないのだろう。実際それは正しい。力でナディブラに敵《かな》うわけがない。

いつもはナディブラのほうから通ってくる。今日は逆だなと思いながら。

修佑は、隣の部屋へと向かうのだった。


「ナディブラさん、入りますよ」

修佑が、一応声をかけて、中に入る。

ナディブラは、家にいる時は鍵《かぎ》をかけないのは知っていた。人間の強盗でもなんでも、ナディブラは返り討《う》ちにできる自信があるからだ。

部屋の中は、電気さえついていなかった。

(……寝てる)

先日来た時、リビングの中心に置かれていたウォーターベッドは、既《すで》に撤去されていた。

代わりにあるのは、高そうなソファ。というより以前からリビングにあったのはこちらである。ソファに突っ伏して、寝息を立てているのがナディブラだ。

「ナディブラさん、風邪をひきますよ」

そう声をかけたが、起きる気配はない。

そもそも怪人は風邪などひくのだろうか。海洋生物らしいナディブラは、いかにも寒さに強そうだが。

修佑はそんなことさえ知らない自分に嫌気がさした。

「仕方ない……」

とりあえず、毛布を探してナディブラにかける。

よくよく見れば――ナディブラの部屋の中は荒れていた。ゴミが散乱して、キッチンでは洗い物が溜《た》まっていた。ナディブラはしばらく帰っていなかったはずだから、ここまで汚したのはシーだろう。

シーは修佑の世話を最優先にして、ナディブラの部屋は汚しっぱなしだったのだ。

（……申し訳ないな）

シーの怠慢《たいまん》ではない。

彼女は慣れない学生生活と、修佑の世話を両立していた。ナディブラの命令をこなそうと真剣だった。

その結果、自室の掃除がおろそかになってしまっただけだ。

「……やるか」

ナディブラを起こさないように、慎重に。

修佑はキッチンに立って、洗い物を始めた。電気をつけないまま、月明かりだけを頼りに洗い物を進めていく。

シンクに少量の水を流し、なるべく最小限の水で洗い物を行う。

薄給生活で身についた節約であったが、むしろ静かに洗い物ができるので良かった。

（たまには、こういうのも、アリだよな）

家事は今まで、ナディブラにやってもらってばかりだった。

疲れているからついつい甘えてしまっていたが、今疲れているのはナディブラのほうだ。それなら修佑がやったっていいはずだ。

洗った食器を乾燥機に並べ、溜まったゴミを分別しておく。一通り終えてから、今度は食べ物がなにもないのが気になった。

（食事、どうしているんだろう）

以前はナマコのドリンクなどを飲んでいたが、その気になれば人間の食事も食べれるはずだ。

おそらくシーも同様だろう。出勤先では怪《あや》しまれないように、人間と同じ食事をしているはずなのだ。

今は忙しいから、シーともども、外食か宅配で済ませているのかもしれないと思った。洗い物を見ても、自炊《じすい》をしていた形跡がない。

冷蔵庫を開けてみると、冷凍されたカット野菜があった。使いやすいように保存しているのだろう。

修佑は鍋《なべ》でお湯を沸かした。コンソメキューブと野菜を鍋に入れて、簡単なスープを作り始める。

（まあ、ナディブラさんの手料理には及ばないけど――）

修佑は苦笑する。

これからは時間を見つけて、料理も覚えてみるべきだろうか。シーも上達しているし、少しは見習おうと思った。

「――シュウさん？」

すると。

暗闇《くらやみ》の中で動く気配があった。さすがに料理までしていると、起こしてしまったようだ。

「な、なにしてるんですか？」

「ああ、すみません。ナディブラさん。お疲れのようだったので、キッチンを借りました」

「……料理？」

「簡単なスープですけどね……もうできますけど、飲みますか？」

「――」

ナディブラは答えなかった。まだ眠いのかもしれない。

怪人であるナディブラに、人間と同じだけの睡眠が必要かはわからないが——どんな生物であれ、休息する必要はあるだろう。

スープをかき混ぜて、火を消す。

「では、ここに置いておきますね」

「……………」

ナディブラは無言のままだった。それほど疲れているのだろうか。

食べたくなったら勝手に食べるだろう、と修佑は思った。

「いつもしてもらってばかりなので、たまにはお返しを——ナディブラさん、大丈夫ですか？」

「あ——は、はい——」

暗いので、ナディブラがどこを見ているのかわからない。

三日徹夜したとき、自分もこうなったな——と修佑は嫌な記憶を思い出す。

「お邪魔しました。ゆっくり休んでください。僕は部屋に戻りますね」

「……待って」

暗い中。

ナディブラが立ち上がった。しゅるしゅると、衣擦《きぬず》れのような音がする。

月明かりで、人間のシルエットが、どんどん人外のそれに変わっていくのがわかった。機械的な装甲《そうこう》、チューブ。バイザーのような頭部。

人間ではないのに、女性的な曲線ははっきりとわかる様《さま》が、妙になまめかしかった。

「シュウさん、こっちに……来てください」

「ナディブラさん?」

「いいから。早く……」

声には疲れも、焦《あせ》りも感じられた。

いつも余裕があって、何事にも動じないナディブラにとっては珍しいことであった。

心配になった修佑は、ナディブラの言葉に従って、リビングのほうへと近づいていく。

「ナディブラさん、お疲れなら休んだほう——がっ!?」

それはあっという間であった。

なにかに足をとられ、修佑は転ぶ。ぐるりと空中で回転して、気づけばナディブラが寝ていたはずのソファに転がされていた。

ぼふ、と人一人の体重を、ソファが支える。

「なっ、えっ」

月明かりの中。

ナディブラの手首に、触手《しょくしゅ》のようなものが数本、巻き取られていくのが見えた。

「な、ナディブラさん!?」

「ねえ、シュウさん」

ナディブラの青い皮膚《ひふ》――わずかに湿ったような質感の外皮が、月明かりに反射してテらテらと輝いている。

「……シュウさん、どうしてそんなことをするんですか？」

「？　なんの、話ですか」

「料理も掃除も、しちゃったんですね」

「それは、ただ、普段の恩返しを――」

「…………」

ナディブラは答えてくれない。

ただ、寝ている修佑の腹に、馬乗りになった。ナディブラのボディースーツのような胸部が強調される。

自分の腹の上で足を開くナディブラは、思った以上に煽情《せんじょう》的だった。

「ねえ、シュウさん……交尾《こうび》しましょうか」

「――は？」

「シュウさんが私の身体《からだ》に興味を持っているのは、わかっていましたよ。今だけはシュウさんのものだから、好きなだけ触ってください」

「い、いや、そんなことは」

「隠しても無駄ですよ」

ナディブラが、修佑の手を取った。

力が強い。まったく抵抗できない。そのまま修佑の手は、ナディブラの胸へと導かれていった。

固そうな質感の肌《はだ》なのに、不思議と柔らかい胸部だった。

「ねえ、いいでしょう？　私、もう疲れてるんです。シュウさんと少しだけ交尾ができたら……一つになれたら、私は元気をもらえますから。ねえ。お願い、シュウさん」

「……ナディブラさん」

「私と、つながりましょう？」

ともすれば、抗《あらが》いがたい誘惑だ。

なにしろ相手は、怪人とはいえ以前から気になっている女性。もう修佑は、人と違う外見だからといって抵抗感など抱かない。

それほど怪人たちに対応してきた。

そして。

ナディブラが修佑を愛していると告げるように、修佑もまた、ナディブラのことを魅力的だと思っている。

（いや、でも……）

ナディブラの誘惑はこれが初めてではない。

修佑としても、いつか押し倒されるような気はしていた。彼女の性格を考えれば、おかしいことはないのだが——。

でも、少しだけ、違和感があった。

「ナディブラさん……なにか、怒っていますか？」

「っ」

「それとも……焦っている？　急いでいる？　疲れているとかじゃなく——なにか、別の感情に動かされているような気がします。違いますか」

「そんなこと、ありません」

ナディブラは食い気味に否定した。

「なにかあるなら話してもらえますか？」

「シュウさんをわずらわせることなんてないんですよ、なにも。そういえば……お世話をするって言ってるのに、性的快楽はあげてなかったわね。大丈夫、任せてください。ウォーターベッドで寝るよりも、もっともっと気持ちいいものをあげますから……」

「僕は」

修佑は自分の胸を触らせているナディブラの手を振り払い、逆に取った。

力で敵わないことは百も承知であったが、ナディブラは動揺していたのだろう。たやすく、彼女の手首を摑《つか》むことに成功した。

「僕は——一方的に養われるだけでなく、もっとナディブラさんと話したい。ナディブラさんのことを知りたいと思っています。なにか、あるんじゃないですか？」

「ッ！」

今度こそ、ナディブラは否定しなかった。

修佑はそのまま上体を起こし、ナディブラのバイザーのような頭部に顔を近づける。

バイザーの奥に、怪人の目が見えた。蛍光色のその瞳《ひとみ》がやや潤《うる》んでいる。もしかしたら泣きそうだったのかもしれない。

なんだ、意外と感情表現が豊かなんじゃないか。

そんな風に、修佑は思った。

「それに、ナディブラさんが一つになろうというのは——同化しようということですよね」

「はい、そうです」

ナディブラは、臆面《おくめん》もなく。

「貴方《あなた》は私と同化するんです。皮膚から細胞が繫《つな》がっていって、精巣《せいそう》以外の臓器がほとんど退化して、私と血管も神経も一つになっていくんです。私の種族の男は、いつか、ステキな女性を見つけて、一つになる……みんなそれを望んでいました」

「——」

「でも、シュウさんは違うんですよね」

「はい。すみませんが――僕はまだ、僕でありたいです」

　はっきりと、自分の意思を告げた。

　普段は修佑の意思を一顧《いっこ》だにしないナディブラが――今日は珍しく、修佑の話をしっかりと聞いてくれているようだった。

「そう――そうなんですよね。わかっていたはずなのに――シュウさんは全然違って」

「……ナディブラさん？」

　人間のような顔をしているわけではないが、ナディブラが泣きそうなのがわかった。

「――ごめんなさい。今私が言ったことは全部忘れてください」

「えっ」

「仕事に行かなきゃ。ごめんなさい」

「こんな深夜にですか!?　電車も動いていないですよ！」

　ナディブラは修佑の手を振り払う。

　一度は脱ぎ捨てたフィルムを掴んで、ぬるりとした動きで部屋を出て行った。修佑が何を言う暇《いとま》もなかった。

（なんで……）

　なにもわからなかった。

ナディブラがなにを焦り、なにを悲しみ、なぜ修佑に強引な形で愛を伝えようとしたのか。

なにも。

残された修佑は、ただ茫然《ぼうぜん》とするしかなかった。

「おい、人間！　今お姉さまが、すごい勢いで……！」

ちょうど戻って来たらしいシーが、今にも噛みつかんばかりに声を荒らげる。

だが。

「……なにがあった？」

意気消沈した修佑を見て、気遣《きづか》うようにそう尋《たず》ねた。ただならぬ様子を察したのだろう。

なにがあったかは答えられず、修佑は沈黙するしかないのだった。


それ以降。

ナディブラは家にも帰らず、連絡も一切取れない状態になる。

ナディブラは、行方《ゆくえ》不明になっていた。

株式会社リクトーは、騒然《そうぜん》としていた。

理由は一つだ。アステロゾーアの怪人が行方不明――しかも元幹部――ともなれば、監視をしていたリクトーの責任は免《まぬが》れない。

担当の修佑も、上司や重役たちから連日、詰問《きつもん》を受けていた。

（ナディブラさん……）

ナディブラは、おそらく自発的に、修佑の前から姿を消した。

家にも帰らず、修佑やシーの連絡も全《すべ》て無視している。

修佑は、ナディブラの勤める会社にも連絡をとってみたが、欠勤の報告をしているらしい。

怪人の所在が摑めないのは――怪人を管理するリクトー社としても、由々《ゆゆ》しき事態である。

（ナディブラさん――）

原因はよくわからない。

修佑と、物理的な意味で一つになろうとしたナディブラ。あの時の彼女は、なにか焦っているように見えた。

そして、修佑が拒絶するようなことを言ったから――ショックで落ち込んでしまったのだろうか。

（いや、そんな単純な話じゃない気がする――）

修佑は頭《かぶり》を振る。

ナディブラの様子は、その前からおかしかった。本来なら、人間社会の仕事など軽々と片付けるナディブラが、疲れ果てていたのだ。

姿を見せないのも、絶対になにか理由があるはずなのだが――。

（話せば、わかると思った）

修佑は、甘かったと思った。

ナディブラの逡巡《しゅんじゅん》、焦り、疲労は見抜けた。だからそれを正直に、ナディブラに伝え、その上で同化したくない自分の意思も伝える。

コミュニケーションとして、至極《しごく》真っ当なものだったはずだ。

だが、結果としてナディブラは消えてしまった。修佑がなにか、選択肢《し》を誤ったのか。ナディブラの機嫌を損《そこ》ねたのか。

それとも、修佑が彼女の内臓の一つになれば、全て丸く収まったのか。

（いや、違う――ナディブラさんの態度は、そんな感じじゃなかった）

後悔しても始まらない。

ただ、自分は結局、ナディブラのことを何も知らなかった。だから彼女が行方をくらませても、行き先の心当たりさえない。

彼女のことをもっと知るべきだった――そんな後悔だけが、修佑の心中で渦巻《うずま》く。

（このままではまずい）

一方で、修佑も焦っていた。

リクトー社は、怪人たちの動向を常時監視している。日本中の監視カメラで、あるいはドローンで、はたまたフィルムに仕込んだ小型ＧＰＳで――居所をモニタし続けている。

怪人たちを日本社会で働かせる以上、当然の措置《そち》であった。

だが、ナディブラはフィルムのGPSさえ破壊している。意図的に姿を消して、独自に行動しているのだ。

これが警戒《けいかい》されないはずがない。

「――落ち込むなよ」

隣席の伊丹《いたみ》が言った。

「海魔女サマがいなくなったって、お前のせいじゃない。それに――アイツ、お前に惚れてたはずだろう。すぐに人を襲《おそ》ったり、破壊活動なんてしないって。そんなことになれば、お前の首が飛ぶくらい、海魔女サマだってわかってる」

「はい……」

そう。

怪人が、自分からリクトーの管理下から外れたとなれば――それは再び、悪の組織アステロゾーアとしての活動を再開した、とみなされる。ヒーロー・ヒートフレアの出動も検討される事態だ。

すでに数日が経過しているが、リクトー社内は相変わらず慌《あわ》ただしい。

なんとしても、ナディブラを見つけなければならないし、そのためには社員全員が不眠不休で当たらなくてはならない。

担当していた修佑への風当たりも強い。

励《はげ》ましてくれるのは、隣席の伊丹くらいである。

「なにか知らないのか？　行き先に心当たりは」

「いえ――まったく」

「地道に捜すしかねえか。怪人の目撃情報は多いが、ナディブラっぽいものはないな」

伊丹は、リクトー社に寄せられた目撃情報を解析《かいせき》しているのだった。

同僚にまで負担をかけて申し訳なく思う。

「本当にすみません――」

「謝るなって。それよりも部長の機嫌をどうとるか考えておけ」

メガネの位置を直しながら、それでも気丈《きじょう》に笑ってくれる伊丹だった。

「白羽《しらは》ァァァ！」

などと言っている傍《そば》から。

怪人対策部の部長が、デスクから胴間声《どうまごえ》で叫んだ。

「はい！」

この声を聞くと、もはや修佑は脊髄《せきずい》反射で立ち上がる。

元々、恫喝《どうかつ》と皮肉が得意な部長ではあるが――ナディブラのせいで、一度飛ばされかけた。

その時なにがあったかは知る由《よし》もないが。

戻ってきた部長は、以前よりも攻撃的であった。

「白羽。来客だ」

「え」

なにか叱《しか》られるとばかり思っていた修佑が、拍子《ひょうし》抜《ぬ》けしている。

客ならいちいち怒鳴るなよ——と、伊丹が小さい声でぼやいた。

「二番会議室に案内した。お前から話を聞きたいそうだ」

「僕に……ええと、先方のお名前は」

「…………」

部長は難しい顔で考えこんだ。

「……陽川《ひかわ》さんだ。貴様が海魔女の管理を怠《おこた》ったせいで、来たんだろう」

「…………」

「いいか。余計なことは言うなよ。我が社のヒーロー、機嫌を損ねるようなことは絶対にするな」

上層部の立場か、はたまた利権でもあるのか。

部長は、どうにか穏便《おんびん》にやりすごしたいようだった。とはいえ、修佑としてはそれにすんなり「はい」とは言えない。

（——緊急事態なのは間違いないけど、どうして僕に直接）

ヒートフレアは、リクトー社の設備で、日本をあちこち飛び回ることができる。独自に行動し、ナディブラを見つけたらすぐさま斬《き》る、ということだってできるはずだ。それなのにわざわざ、修佑を訪ねてきたのは。

「なにをしているっ！　さっさと行け！」

「は、はい」

部長の怒鳴り声に押され、修佑はすぐさま動く。

ブラック社員には、考える暇も与えられないのだった。

会議室に入ると、モニターから騒がしい映像が流れてきた。

『レバーを押して、臨界《りんかい》変身ッ！　キミもヒートフレアに変身しよう！　DX《デラックス》変身ベルト・ヒートバックル！　リクトーから！』

『剣から銃へ、自在変形！　トリガーを引いて、放て臨界スラッシュ！　DX極光《デラックスきょうこう》銃剣オーロラブレイド！　リクトーから！』

モニターに映っているのは、玩具《おもちゃ》のCMであった。

常《つね》に資金難のリクトーは、ヒートフレアの武装を模《も》した玩具なども発売している。元々、子供向け玩具《がんぐ》を開発していた会社なので、この手の商品の製作・販売などはお手のものであった。

ちなみに極光銃剣オーロラブレイドは、大人気で品切れ中。ネットでは超高額で転売されており、上層部の頭を悩ませているらしい。

「あの……陽川さん？」

見れば、モニターのリモコンを操作しているのは、リクトー社のエース、陽川煉磁《れんじ》だ。

「なぜ弊社のＣＭを……」

「ああ、すまない。ニュースをチェックしたかったんだけど、リモコンの使い方がよくわからなくて……」

「はあ」

「キミ、できるかい？」

リモコンを渡されたので、さっとチャンネルを変える修佑。

そこでは、アナウンサーが旬《しゅん》の食べ物を紹介していた。なんの変哲もないニュース番組だが、陽川はうんうんと頷《うなず》いて。

「良かった。怪人は暴れていないね」

満足そうに言うのだった。

陽川はテレビをつけたまま、修佑に向き直る。

「ごめん、機械音痴《おんち》なんだ。ボタンが十個以上あるデバイスは苦手でね」

「いや、携帯とかどうしてるんですか……あと、変身デバイスとか」

「ははは、最近のスマホにボタンはほとんどないし、変身デバイスは俺用に作ってあるから心配いらないよ」

気さくに笑う陽川。

場をなごませるジョークというわけでもなく、本当に機械が苦手のようだ。

「ちゃんと話すのは初めましてかな？　改めて、俺は陽川煉磁です。ヒーローのヒートフレアをやってます。よろしく」

「あ、僕は――」

「怪人対策部の白羽修佑くん。よく知ってる」

陽川は、爽《さわ》やかな笑顔で手を出した。

よく知られているのはむしろ怖い――と修佑は思う。なにしろ相手は怪人嫌いだ。

年齢は修佑とさほど変わらず。だがまとうオーラが全然違う。男女問わず人気のでそうな爽やかな顔つきと態度であるが、その上、嫌味な感じもしない。

いや、実際、人気者なのだ。

なにしろ世界を救ったヒーローなのだから。

「僕を知っているんですか」

「もちろん、リクトー社員の所属と名前、顔は全て把握《はあく》している。アステロゾーアと、共に戦う仲間だからね」

「――」

そのアステロゾーアはもう存在せず。

今いるのは、残党と、人間社会に馴染《なじ》もうとする怪人だけだ。

そう言おうとして、修佑は飲み込んだ。ニュースをチェックしたがっていたことからもわかる。残党だっているのだ。陽川にとって、まだ怪人は『敵』のままだ。

「御用があると伺《うかが》いましたが」

「うん、海魔女ナディブラの所在が摑めていないと聞いた。担当はキミだったね」

「申し訳ありません。僕の不手際で――」

「そんなことはないよ」

陽川は笑みを浮かべたままだが、目は笑っていない。

「そもそもが無茶なんだ。怪人たちを人間社会に組みこむ、なんていうのは。だから悪いのは、その無茶を強引に通そうとしている、政府とリクトー上層部だ。キミが責任を感じる必要はない」

「…………」

「怪人たちは独自の価値観で動いている。彼らに人間の常識は通用しない。怪人を御《ぎょ》する、なんてことがそもそも間違ってる」

陽川は迷いのない瞳で、そう告げた。

修佑はなにを言うべきかわからなかった――だが、少なくとも。

わからずやの部長よりも、陽川は怪人のことをよく知っている、と思えた。確かにナディブラは、人間社会のルールを尊重してはいるが、同時に自分の考え方を曲げる気はなさそうだ。

人間の一方的な理屈で、どうこうできる相手ではない——その点においては同意だ。

「だから、所在不明の怪人を放置できない。ましてや元幹部の一人。早急に対処しなければならない」

「すみません。社をあげて捜索しているんですが」

「皆の尽力に感謝している。それで——白羽くん。これまで散々《さんざん》、皆から聞かれたと思うけど、心当たりはないかい。ナディブラの行き先に」

「——御用というのは、それですか」

「ああ」

陽川はまた頷いた。

「上司にも言いましたが、本当に心当たりはありません。事故などに巻きこまれていないことを祈るばかりです」

「不思議な心配をするね。相手は怪人だよ？　ナディブラが再び、破壊活動するという心配はないのかい」

「……絶対にないとは言い切れませんが、彼女は彼女のやり方で、人間社会に順応しようとしていました。可能性は低いかと」

「なるほど。怪人をよく見ている。さすがだ」

陽川は気さくな態度を崩《くず》さない。

自分から何かを聞き出そうとしているのだろうか？　陽川の目的がよくわからなかった。

修佑は、あの夜のことを言うつもりはなかった。自分でもまだ整理ができていないし、話したからといってナディブラの所在がわかるわけでもない。

愛を交わそうとしたことが、『人間への危害』と判断されたら、陽川はますます怪人に対して強硬な態度をとるかもしれない。

「記録によれば、キミが一番、怪人と接していた。親身に相談にも乗っていた。もし行き先を知る者がいるとしたら、キミが最も可能性が高い。知っているのなら、遠慮なく話してほしい。ここでは俺しか聞いていない」

「上司に話したことが全てです。本当に心当たりはないんです」

「…………」

修佑の言葉は、嘘《うそ》とも本当とも言えないグレーであった。

行き先に心当たりはないが、上司に全て話したわけでもない。

陽川は、彼を見定めるように、目を細める。決して威圧《いあつ》的ではないが、修佑の背筋《せすじ》は凍《こご》えていた。

「わかった。仲間を信じよう」

「あ、ありがとうございます」

「当然のことだ。俺は俺でナディブラを捜すよ。時間をとらせて悪かったね」

陽川は立ち上がる。

高そうなブランドスーツの腰に、まったく似合わないゴテゴテとした、原色のデバイスが巻きつけられていた。

変身ベルト・ヒートバックル。

いつでもヒーローになるための装置だ。無論、先ほどCMで流れていたような玩具ではない――正真正銘《しょうしんしょうめい》、戦うための武装である。

「陽川さんは、ナディブラさんを見つけたらどうするんですか？」

「もちろん、会社に報告するよ。それに――不穏《ふおん》な動きがあれば、ためらわず斬る」

ヒーローとして当然の回答だった。

だからこそなおさら恐ろしい。彼の言う『不穏な動き』がどの程度のものなのか、修佑にはわからなかった。

敵対している相手は、たとえば指一本動かすだけでも『不穏』に当たるのではないか。

「お手数をおかけします――僕も、全力で捜します」

「うん。期待しているよ。それでは」

終始、爽やかな笑みを崩さず、陽川は去っていった。

世界を救ったヒーロー。みんなの憧《あこが》れ。それに相応《ふさわ》しい立ち居振る舞いであった。ちゃんと話したのは初めてだが、皆が好感を持つのはわかる。

だが、怪人たちからすればそうではない。

世界を侵略しに来た怪人たちでさえ、恐れる存在。それが陽川煉磁である。

（……ナディブラさん）

彼女はどこに行ってしまったのか。

どうか無事でいてほしい。何事もなく帰ってきてほしい。

自分に責任があるのであれば、そうと言ってほしい。

陽川には絶対言えないが、修佑はただひたすらに、ナディブラの身を案じ続けるしかないのだった。

「ナディブラのやつめ、やらかしとるの。まじありえんてぃじゃな」

「ミズクさん、それちょっと古いと思いますよ……」

「えっ。嘘」

ナディブラの捜索は、連日深夜まで及んだ。

当然、担当であった修佑が誰よりも居残り、捜索している。日本全国の監視カメラの映像を手当たり次第《しだい》にチェックするなど――見るべきものは山ほどある。

当然、修佑の負担は尋常ではない。

そんな修佑の面倒は今、ギャル狐《ぎつね》のミズクが見に来てくれていた。

「ま、まあよい……ほれ、夕食作っておいたぞ。ちゃんと食っておけ」

「ありがとうございます――」

キッチンからは美味しそうな味噌汁《みそしる》の匂《にお》いが漂ってくる。

「ナディブラもナディブラじゃ。わしに一言、『シュウさんを頼みます』とだけメールしてきたからの――普段はなーんも言わんくせに、こんな時だけ……」

ぶつくさと文句を言うミズクであった。

ただし、そこに嫌悪感はなさそうだ。なんだかんだ、頼られた嬉《うれ》しさもあるのかもしれない。

というか、行方をくらましても、修佑の世話を誰かに頼むのが――なんというかナディブラらしかった。

「シーはどうしておる」

「ナディブラさんを捜しに行ってます」

「……学校ちゃんと行っておるんじゃろうな？」

「それについてはどうにか説得しましたが――」

シーはシーで、行方をくらましたナディブラを心配していた。

とはいえ、一方でナディブラから『人間社会に馴染め』と言われたことも忘れてはおらず、毎朝登校はしてくれている。

　最初は襲われかけたが、たくさんの怪人と接してきた修佑にとっては、シーはまだ話が通じる怪人であった。ナディブラを理由にすれば言うことも聞いてくれる。

「会社のほうは大丈夫かの？」

　ミズクも修佑の隣に座って、一緒に食事をとる。

　ほのかに酒の匂いがした。彼女も仕事明けなのだろう。

「大丈夫じゃないです――ヒートフレアが、すでに動き出しています」

「じゃろうな。そんなこと、予想がつくじゃろうに……まったくナディブラめ。どこでなにをしとるんじゃか」

「ヒートフレアは、見つけたら交戦するつもりだと思います。すでに戦闘装備でした」

「マジやばみ強すぎじゃろそれ……」

　揚《あ》げ出し豆腐を食べながら、うえぇ、と呻《うめ》くミズク。

　修佑もとにかく食事をかきこんだ。食欲はあまりなかったのだが、とにかく働くためのエネルギーが欲しかった。

「ごちそうさまでした。少し横になります……」

「マ？　もう寝るのか」

「明日の始発で会社に戻るので――」

「……4時間くらいしか寝れんじゃろがそれ」

「ナディブラさんの行方不明、僕の責任になりますし——それに、早く見つけたいんです」

「まったく。お主といい、ナディブラといい……」

ミズクは呆《あき》れたように、ため息をつく。

「わかった。ちょっと待っておれ」

「え？」

「とっておきの技《わざ》を使ってやる。トクベツじゃぞ？」

ミズクは、食器をささささっと片付けてから。

ソファに座って足を組んだ。くふふ、と笑みを見せながら。

「とくと見るがよい」

ミズクが。

手にした扇《おうぎ》で、さっと自分の頭を撫《な》でる。すると、金髪の奥から、普段は隠しているキツネ耳がぴょこんと現れた。

同時に、背中からもふもふとなにかが現れる。それは、普段は見せるにしてもせいぜい一本くらいの、ミズクの尻尾《しっぽ》であった。

今はその尻尾が付け根から九本に分かれ、一本一本が抱き枕くらいはありそうな、大容量の尻尾のかたまりとなって襲ってくる。

ミズク本人が小さく見えるほどの尻尾の量である。輝く金色の毛並みがソファの上にあふれ、照明を反射してぴかぴかと光る。これだけの毛量を一体どうやって隠していたのだろうか。

服はどうなっているのかと思いきや、元々、腰が見えるホットパンツを着ているせいか、尻尾の付け根を邪魔していないようだ。

ミズクが、露出《ろしゅつ》の多いギャルのような服装を好んでいるのは、もしかするといつでも尻尾を出せるようにするためなのか。

「ほうれ、近《ちこ》う寄らぬか。最高級羽毛布団よりも贅沢《ぜいたく》な寝床であるぞ」

「えっ、あ、うわっ！」

尻尾がまるで触手のようにうねり、あっさりと修佑を捕まえる。

すっかり毛皮のベッドと化したソファに強制的に寝かされる。心地《ここち》よい暖かさと、柔らかい毛皮の感触が、疲れた体に染《し》み入った。

「こ、これは……」

「ふふふ、九尾《きゅうび》の狐の尻尾、じっくり味わうがいい。獣《けもの》のもふもふに、人は逆らえぬのだからな」

「たしかに――これは――」

いつぞやのウォーターベッドも、抗いがたい快楽だったが。

ミズクの尻尾の上に寝るのも、また別の心地よさがあった。こちらは贅沢な布団に包まれて

いるように錯覚《さっかく》してしまう。

「大陸の皇帝でもなければ堪能《たんのう》できぬ、わしの尻尾じゃぞ。贅沢者じゃのう」

「……助かります」

安い布団で寝るよりも、よほど疲れが取れそうだった。

このまま寝てもいいとばかりに、ミズクが修佑の頭を撫でてくる。子ども扱いはやめてほしかったが、それを言うのさえ億劫《おっくう》なほど、ミズクの尻尾は心地よかった。

仰向《あおむ》けになって、今にも寝そうな修佑に、ミズクが声をかけてくる。

「そのままでよいから、聞け」

「はい……」

「わしはナディブラの行き先を知らぬが、お主の前から姿を消した理由はわかる」

「え……」

「一連の流れ、お主から聞いておるだけじゃが、おそらく間違いあるまい——ナディブラは急に、恥《は》ずかしくなったのじゃろ」

なにが？　と問う前に、ミズクは穏《おだ》やかな声で続けた。

「お主がよ、ナディブラの家で、食事など作ってしまったからじゃ」

「いけません、でしたか？」

「いいや、お主はなにも悪くない。だが、ナディブラはそれで気づいたのだ。それまで、いずれ自分と同化すると思っていた男が……組織の大部分が退化して、自分の臓器になるとばかり思っていた男が……自分とよく似た、自我のある生命体だということにな」

「それまでなんだと思われてたんですか、僕は……」

「くひひ。さあのう」

ミズクはからかうように笑う。

「ともあれ、ナディブラにとってお主は、愛玩《あいがん》の対象であり、養育の対象であった。だが、その逆はあり得なかった。世話されたい、されたくないという話ではなく――ナディブラの頭の中に、そんな選択肢はなかったんじゃろ」

「それは――」

「ああ、勘違《かんちが》いするなよ。ナディブラの種族では、それがごくごく当たり前の、愛の形だったんじゃろ。メスからの一方的な世話が当然の世界。おそらく、女のために食事を作るオスなどおらんかったと思うぞ」

それは。

修佑もずっと、思っていたことだった。ナディブラは自分を、対等な生物として見ていない。

あれこれ悩んだりもしたが、たかだかスープを作る――そんな些細《ささい》なことで、ナディブラは価値観の齟齬《そご》に気づいたのか。

「前々から、言ってたんですけどねえ……」

「案外、理解のきっかけなど意外な、ふとした出来事だったりするものよ。逆に、そのきっかけがなければ、どれだけ言葉を尽くしても理解から遠い」

「そういう、ものですか――」

ナディブラにとっては、それが、疲れた時に修佑にスープを作ってもらうことだった。

「ナディブラは驚いたじゃろうな。なにしろ、自分の内臓とばかり思ってた男が、勝手に料理し始めたわけじゃから」

「…………」

事実なのだろうが、あまり嬉しくない比喩《ひゆ》であった。

「で――ナディブラは急に恥ずかしくなったんじゃ。お主を独立した、自分と同じ生物だと認識した。そのとたんに、自分が今までやらかしてきたことを思い出した」

「同化を求めて……僕はなにもさせてもらえず、ずっと世話されるだけで――」

「そう。それは、対等な相手にすることではない。だから、ヤケになった」

ああ、そうか――。

夢見心地の中、修佑は納得した。姿を消す直前、修佑を押し倒したナディブラ。

あれは――価値観が変化した瞬間で、混乱していたのだ。今まで内臓だと思っていた。同化してくれると思っていた。

――違うんですか？　シュウさん？

――あなたは私の思っている存在じゃなかったんですか？

そういう問いかけだったのだと、修佑は理解した。

（なら……）

その問いに、修佑ははっきりＮＯと答えたことになる。

「つまり――わかりやすく言うと、『勘違いムーブ』をしてたってやつじゃな。そのせいで合わせる顔がないのであろう」

「な、なるほど？」

「それをしていた自分が、急に恥ずかしくなり、痛々しく思えて……逃げとるんじゃろ」

「ああ――」

たとえば、親戚《しんせき》の子が成長しているのに、いつまでも子ども扱いするような。

自分を好いてくれると思っていた女性が、実はまったくそうではなかった、というような。

人間にもある『勘違い』を、ナディブラは後悔して、恥ずかしく思っているのだろう。

「そんなことで……姿を消したんですね」

「呆れたか？」

「いえ――人間らしいな、と思いました」

「違うところもあれば、似たようなところもあるだけのことじゃな。なにしろ、意思疎通《そつう》できる同じ生物よ」

侵略してきたくせに。

人間のルールなんて、本当はどうとも思っていないのに。

その一方で、そんな他愛《たあい》のないことで恥ずかしがってしまうナディブラを、微笑《ほほえ》ましく思ってしまう修佑だった。

陽川ならまた別の感想を持つのだろうが、修佑はそんなナディブラを、守らなければならないと思った。怪人を許さない、ヒートフレアから。

「……ありがとう、ございます、ミズクさん」

「わしの勝手な意見じゃから、間違っとるかもしれんぞ？」

「そんなことないですよ。ナディブラさんのことをずっと気にかけてたのは、ミズクさんも同じですから」

「くふふ、わかったようなことを言いよる」

修佑は、口元に笑みを浮かべて。

「まあ、皆さんをよく見てるつもりなので――ミズクさん風に言うなら、わかりみが深い、ってやつです」

「は――？」

ミズクが面食《めんく》らったように目を丸くした。

「も……もう～～～っ！　この、この！」

「ぶっ！　わぷっ⁉」

ミズクが、九本の尻尾を修佑の顔に押しつけてきた。

「たかだか二十年しか生きておらぬ弱小生物のくせに、気の利《き》いたことを言いおって～っ！」

九本の尻尾は暖かいが、少し苦しい。

照《て》れ隠しなのだろうか。ナンバーワンキャバクラ嬢なのに、随分と可愛らしい仕草だ。

「ぶっ、ぷはっ……と、とにかく、教えてくださってありがとうございます」

「うむ――わしもできることをするが、お主も気張るように」

「はい」

ナディブラの居場所は、以前不明なままであるが――。

ミズクを通して、今はいない彼女のことを知れたような気がした。だったら、ナディブラに会って、ちゃんと伝えたい。

ナディブラが、修佑のことを少しずつ理解してくれたように。

修佑も、ナディブラを理解したいのだと、言葉にして伝えたい。

「さあ、もう休め。このままわしの尻尾で寝て良いからの」

「すぐ寝てしまいそうですが……ミズクさんは良いんですか？　夜通しこの姿勢では」

「どうせ夜行性じゃよ。朝になったら起こしてやる。さあ、眠れ」

ふぁさ――と、九本の尻尾が、修佑の顔に乗せられた。

先ほどのような照れ隠しではなく、優しく毛布をかけるような仕草であった。

毎日のように手入れをしているのだろう、尻尾からは香水のようないい香りがする。ただ、その中にほんの少しだけ、動物園で感じる獣のような匂いが混じっていた。

不快ではなく、むしろ巨大な獣に守ってもらっているような、不思議な安心感があった。

「寝たか」

修佑は微睡《まどろ》むなかで、ミズクの声を聞いた。

「やれやれ、いつの時代も――男と女は手がかかるのう」

子どもを見守る母親のように、ミズクはそんな風に言うのだった。

「我らは所詮《しょせん》人でないモノ。お主から見れば不都合もあるじゃろうが――ナディブラの愛だけは疑いなく、真実よ」

ミズクの笑い声が響く。

「添い遂《と》げろとまでは言わぬが――せめてひと時、付き合っておくれ。面倒見のいい人間よ」

眠りに落ちる修佑の意識に、ミズクの声が響く。

その声もまた、いつの間にか、金毛に吸い込まれて消えるようだった。

ミズクによる、尻尾ヒーリングの効果は絶大であった。

どんな上質な布団よりも快適な、金色のもふもふ。そこで一晩寝ただけで、修佑は溜まっていた疲れが吹き飛んだ。

その活力を糧《かて》に、修佑は今日も会社に泊まりこみ、ナディブラの捜索をしていた。

(——どうして見つからないんだろう)

パソコンに寄せられた、怪人の目撃情報をチェックしながら、修佑は考える。目撃情報は伊丹が解析していたデータを借り受けた。

同僚の仕事の精確さに感謝しながらも、修佑は頭を悩ませる。

今のナディブラは、擬態フィルムを使っていない。

ならば怪人態《たい》で行動しているはずだ。

怪人態のナディブラは当然目立つ。監視カメラを頼るまでもなく、誰かが目撃すればリクトーに通報が寄せられる。

そうでないのなら。

(隠れて行動している——でも、どこを?)

人間社会で怪人が行動すれば、そうとう目立つだろう。これだけ捜しても目撃情報の一つもない、となれば。

(——まさか、アステロゾーアの残党と、行動している?)

シーの話を思い出す。

都内にも、まだ徒党を組んでいる怪人たちがいたはずだ。

あのアパートを出ても行くあてのないナディブラが、アステロゾーアの怪人たちを頼ったと考えるべきだろうか。

（いや、むしろ掃除すると言っていたような――）

いくら、修佑に対して恥ずかしくなったからといって、そうそう戻るだろうか。

アステロゾーアであることに固執《こしつ》しているようには見えなかったが。

（……もしかして、見つからないのは、怪人たちのルートを使っているから……？　拠点《きょてん》を渡り歩いているにしても、一時的に身を寄せているにしても、今も見つからない怪人たちのルートを使っているとしたら……？）

たとえば、シーが匂いで、怪人たちの拠点を判別していたように。

怪人たちは聴覚、嗅覚《きゅうかく》、はてはフェロモンや紫外線感知など、単純な視覚に頼らないコミュニケーション能力を持っている。

そのルートを使って行動しているのだとすれば、見つからないのも無理はない。一般の人間が使うルートや、出入り口はあまり意味がない。

しかも、ナディブラは拠点の位置をシーから聞き出そうとしていた。その進捗《しんちょく》状況を修佑はまだ聞いていないが――。

たぶん、ナディブラは拠点に対して修佑より多くの情報を持っているはずだ。

（……よし、調べてみるか）

修佑は。

パソコンの検索を始める。怪人の目撃情報ではなく、SNSのつぶやきだ。匂いや悪臭に限定して検索をかける。

たとえば、モスキート音というものがある。

高周波であるが、音が高すぎて成人には聞き取れない。まだ耳の感覚が鋭い若者にだけ聞こえる音だという。

同じようなものを、怪人が使っているとしたら。

たとえば――多くの人は感じない、問題にならない匂いを、怪人たちが拠点の目印《めじるし》にしている、ということはないだろうか？

匂いに敏感な人間だけが、それに気づき、文句を言っていないだろうか。

はたして検索すると――あった。

『家の裏の潰《つぶ》れた病院の辺《あた》り、変な匂いがする。薬が腐ってるとか？』

『○○駅の近くで妙な悪臭がするので、警察に通報した。友達はなにも感じないという。でも絶対する』

『昨日、勉強してたら家の裏からヤバそうな匂いがした。あれなんだったんだろう』

想像以上に多く出てきた。

位置情報を割り出せるつぶやきから、悪臭があった位置を地図に書きこんでいく。最初はバラバラであった。拠点がその都度移動していることがわかる。

一カ所に固定されているわけではないらしい。

シーが、『匂いを頼りにしていた』と言った理由がわかった。特定の場所に集まっていたのではなく、定期的に拠点が移動していたからだ。

シーの主観では、『いつも同じ拠点に行っていた』のだとしても、地図上での位置は常《つね》に違っていたのだろう。

（見つからないはずだ――）

怪人たちは、同様の方法で、居場所を移動させていたのだろう。

実を言うと、以前からアステロゾーアは、似たような方法で拠点を移動させていた。

首領イデアが『次元を食い破る』力を持っていたことが報告されている。人類がまだ実現不可能なテレポートのようなことも、疑似《ぎじ》的に可能だったらしい。だからアステロゾーアの拠点は常に移動していた。

まあヒートフレアは、そのイデアが食い破った次元を逆にたどり、敵の本拠地に強襲《きょうしゅう》をかけたのだが――。

（首領がいないから、疑似的に真似《まね》ているんだ……）

匂いを使った、拠点の移動。散り散りになった怪人たちの苦肉の策だったのだろう。

そして、シーから話を聞いていたナディブラも、このことに気づいていたに違いない。だからいつまでも見つからない。

怪人たちの匂いを頼りに、転々と移動しているからだ。

(ここまでわかれば……!)

修佑は最新のつぶやきを探した。

匂いの苦情をつぶやいているものが——ある。履歴は二日前。

『○○町の廃工場、変な匂いすんだけど。おかーさんに言ってもわからないって。アタシだけ？　かなりえぐい』

これだ。

住所も書いてくれている。廃工場などそう数があるわけでもない。

(……行かなきゃ)

ナディブラが、いるかもしれない。

修佑が気づいたくらいのことは、ヒートフレアだってすぐに気づく。ナディブラが襲われる前に、早く向かわなくては。

(……そうだ、一応)

修佑一人では、戦闘ができない。もはや深夜だが、これから怪人たちの拠点に向かってくれる人はいるだろうか。

いや——『人』は、もう寝ている時間だろうと思った。付き合ってくれる顔ぶれは、やはり怪人ばかりだった。

（……いてほしいな）

ナディブラがなにを考えているか、まだわからない修佑だが。

ここにナディブラがいたら――少しは彼女のことを理解できたのではないか。もしそうなら、とても嬉しい。

事態は切迫しているのに――自然に、頬《ほお》がほころぶ修佑であった。


合流は、早朝になった。

「おい、本当にここにお姉さまがいるのだろうな！　……むぐっ！」

「黙っておれシー。気づかれるぞ」

ミズクの仕事が終わるのを待って待ち合わせ、向かったのは。

とある下町の廃工場であった。

壁の脇《わき》に潜《ひそ》み、中をうかがうシーとミズク。ミズクに口を押さえられ、女学生姿のシーがもごもごと喋る。

「しかし――お主、よく独力で見つけたのう」

「はい。ここは持ち主が事業で失敗して、もう何年も放置されているそうです。ただ――書類上では、ここを住所にしたダミー会社が登録されていました」

「なんじゃと？」

「会社としての実態はなくとも怪しまれないように、書類を提出していたようです。人間社会のルールをよく知っている怪人さんがいるようですね」

「まさか夜通し調べておったのか……？」

会社にはまだ報告できない。ヒートフレアが来たら、ナディブラごと斬られてしまうおそれがある。

ここにナディブラがいるなら、説得して戻ってきてもらう。荒事《あらごと》になる可能性もあったので、修佑が頼ったのが、ミズクとシーであった。

ミズクはいつものように快く引き受け、シーはナディブラに会うためについてきた。

「シーさん。ここから中の様子はわかりますか？」

「むう。複数の怪人の匂いはするが——匂いが混ざってよくわからん」

「使い魔を飛ばしてみるかの？」

ミズクの手には、金色の毛玉のようなものがあった。

ナディブラや修佑のことを監視していたのも、この使い魔だろうか。よくよく見れば、金色の毛の中に、小さな眼球があり、ちょっと気色悪い。

「そうですね。中の様子を知れたら——あ」

「あっ」

などと話していると。

廃工場から、誰か出てきた。一目でわかった。

ナディブラであった。

「お姉さまッ！」

止める隙《すき》もなかった。シーが真っ先に飛び出し、ナディブラに近づいていく。

「やれやれ。結局こうなるか。お主、行くぞ。わしから離れるなよ」

「は、はい」

ミズクも駆け出し、修佑はそれに続いた。

いざという時のために、同行をお願いしたわけだが——協力的で頼もしかった。

ナディブラは、どこを見ているかわからない様子だったが、抱きつかんばかりに近づいたシーに気づく。

「皆さん——」

「久しいのう、ナディブラ。勝手な伝言だけ残して姿を消しおって。おかげで残された男が、やきもきしておったぞ」

「お会いできて嬉しいです！」

ナディブラの腰に抱きついて嬉しそうなシー。

からかうような言葉を浴びせるミズク。

「良かった、見つかっ……て……？」

そして修佑が、ナディブラの姿を見て安堵《あんど》したのもつかの間であった。

異常に、すぐに気づいた。

廃工場の中では——十人以上の怪人が、倒れていた。

「なんじゃこれは」

ミズクが、扇で口を覆《おお》った。

よくよく見れば、怪人たちは死んでいない。ぴくぴくと痙攣《けいれん》したり、胸を大きく上下させて呼吸をしているのがわかる。しかし例外なく倒れているというのはまともではない。

ここが怪人たちのアジトであったのは、間違いないようだが——。

「これは——毒？　ナディブラさんが？」

「はい、一応」

よくよく見れば。

ナディブラは、手首から何本も、半透明の触手を出していた。それは、長く伸びたイソギンチャクの触手にも似ている。

それをしゅるしゅると、巻き取るように手首にしまいながら。

「ごめんなさい、シュウさん。私、あなたを困らせてしまいました」

「え？」

「わけもわからずいなくなって、きっと、困惑《こんわく》していますよね」

　まさか謝られると思わず、むしろ修佑のほうが面食らった。

「私――今までの自分が、恥ずかしくなったんです」

「それは――」

「こないだ、貴方、スープを作ってくれたでしょう。あれ、私、すごく気に入らなかったんです。腹が立ちました。貴方は、私にお世話されるべき。面倒を見られるべき。いつかは同化するべき、内臓の一つなのに……」

　ナディブラはとうとうと告げる。

　謝罪のはずなのに、なんだか修佑にとっては謝られている気がしない。

「私の触手が一本、私の言うことを聞かないで、私に反抗してきたようで――とても、気に入らなかったんです」

「あの」

「でも、そんなの私の勝手な決めつけでした。最初から、シュウさんは私のものではないんですものね」

　それは――そうだ。

　修佑は、ナディブラと同化する気はない。

　だがそれは、ナディブラを疎《うと》ましく思っているからではない。それを上手《うま》く伝えたかったが、ナディブラに理解してもらうのは難しいように思えた。

まだまだ、二人の価値観には隔《へだ》たりがある。

「そんな――そんな、シュウさんにとっては当たり前のことに気づいたら、途端《とたん》に恥ずかしくなって、シュウさんの前にいられなくなって……」

恥ずかしくなった。

それは、ミズクの推測《すいそく》と同じだった。

今までの『勘違いムーブ』が、ナディブラ自身にとって、とても恥ずかしいものになってしまったのだ。

「だから、とりあえず家を出て」

「はい」

「でも、なんだかもやもやして、この気持ちをどうしたらいいかわからなくて……シュウさんのことを思い出すたびに、申し訳なくて……私ったら、この前も、あの時も、なんであんなこと言ってしまったの私、ってなっちゃって……――」

「は、はい」

「だからとりあえず――逃げてる怪人たちに、八つ当たりしちゃいました♪」

てへ、と頭をかくナディブラ。

なにがとりあえずなのかわからない。どうやらここで戦闘があり、ナディブラが怪人たちに対して一方的な勝利を収めたのは間違いないようだが。

「溜まったストレスを、戦いで晴らそうとするな馬鹿《ばか》者」

「なんですかミズクちゃん。人間襲うわけにはいかないんですし、いいでしょう別に」

「仮にもかつての仲間じゃろうが」

「一応言っておきますけど、私の姿を見て、『裏切り者！』って襲いかかってきたのはこの子たちのほうですからね！　私は反撃しただけです！　しかも毒で痺《しび》れさせてるだけで、殺してないわよ！」

「そこまで見越して、このアジトにやってきたのはお前じゃろうが」

「だって、それは……暴れたかったから……」

　廃工場で倒れている怪人たちは、一応死んではいないらしい。

　とはいえ少し哀《あわ》れになる修佑であった。この拠点は、ナディブラの八つ当たりで壊滅したようなものだ。

「さすがですお姉さま！」

　シーがナディブラの腰に抱きつきながら、褒《ほ》める。

　ウミヘビというより、主人に懐《なつ》く大型犬であった。

「で、でも、追いかけてきてくれたんですね、シュウさん」

　珍しい、と修佑は思う。

ナディブラが顔を背《そむ》けながらも、声は弾《はず》んでいた。照れているようだった。

「う、嬉しいような……でも、なんて言えばいいかわかりません。合わせる顔が、ないから……」

「すみません。強引に追いかけてきてしまって。でも、ナディブラさんに話しておかないといけないことが」

修佑は、ナディブラに一歩近づく。

「ヒートフレアが動いています。すぐに戻ってください。今ならまだ、一時的に離脱していたということにできます」

「そんな――戻れません。またシュウさんに迷惑をかけてしまいます」

ナディブラは首を振った。

「それに……私だって、すぐには変われないんですよ。シュウさんがそうじゃないってわかっていても――やっぱり私は、シュウさんに同化してほしい。私の一部になってほしい、って思ってしまうんです」

「それは……」

「だって、私、そういう生物だから」

それは、もはや本能に根ざしたものなのだろう。

人間社会のルールを覚え、人間のように振る舞っても――それはあくまで表面上のものだ。

生殖における、本能からくる価値観は、容易に変えられるはずもない。

「だから、いつか、本当に――シュウさんに迷惑をかけてしまいます。いえ、もうかけているのかも……」

「…………」

「考えてみれば、就職先の斡旋《あっせん》とか、シーちゃんの面倒とか、もう散々迷惑かけていたはずなんです。なのに私ったら、私がシュウさんのお世話をしてあげるんだ――って、一方的に考えてばっかで。もう、本当にどうしようもないですよね……」

ナディブラが自嘲《じちょう》する。

そうだ、修佑とナディブラは、今日までずっと、互いに世話し合っていた。領分が違うだけだ。

それは、ごくごく当たり前の――。

「ナディブラさん。それは人間社会で、助け合いっていうんですよ」

「え？」

「対等な関係なら、当たり前のことです」

ミズクが、横で聞きながら、くすくす笑っている。

耳がぴこぴこと動いていた。なぜか嬉しそうに見守っている。

「ナディブラさんに、話したいことがあるんです」

「シュウさん?」

「僕は、ナディブラさんのことを迷惑だと思っていません。好意を向けてもらうのも、とても嬉しいです」

ナディブラが驚いたのがわかる。

修佑が、それほどまでに前向きにとらえているとは思わなかったのだろう。

「同化を求められるのは――困りますけれど、好意は嫌ではないです。恋愛観がすぐに変わるようなものでないのも、わかっています」

ずっと、世話を焼いてくれる通い妻。

なにかにつけて好意を示す、優秀な女性。

怪人であっても、そんな女性に慕《した》われて、嫌な気持ちになるはずがない。

「ただ――僕のことも、もう少し対等な、頼りになる男として見てほしいです。僕はヒーローのように世界を救えませんが、怪人さんたちのために尽力することはできます」

「シュウさん……」

「ブラック企業だけど、頑張ります。それは――会社のためとかじゃなく、怪人さんのためなので」

「――――」

「いえ……きっと、ナディブラさんのために、頑張りたいんです」

ほとんど告白だな、と修佑は思った。

実を言うと修佑だって、みんなから好かれるヒーロー。陽川のような、完璧《かんぺき》な人間に憧れていた。

そもそも修佑がリクトーに入社したのだって、正義のヒーローに、どこかでなりたいと思っていたからだ。

キミもヒーローになってみないか。そんな広告があったことを思い出す。

(でも……まあ、こういうのもありかな)

自分はその器《うつわ》ではない。世界を救うのは荷が重すぎる。

ただ、怪人たちの面倒を見るのは、どうやら適性があったようだ。自分でも意外だが――怪人たちのために身を粉《こ》にするのは、できるのかもしれない。

ヒーローでなくても、できることはある。

まして、自分を好いてくれる女怪人のためにになら。

「いいんですか?　――頼っても?」

「もちろんです」

「そ、そんな……いきなり、困ります。そんな風に、強気にアピールされちゃったら……あっ、ど、どうしましょう……」

ナディブラは、両手で頬を覆った。

照れているようだが、バイザー状の頭部は特に顔色が変わるようなこともなかった。

「そ、そんな、そんなこと言われたら――ますます好きになってしまう、から」

「お姉さま！　お気を確かに！　あやつに惑わされてはいけません！　お姉さまーっ！」

シーの言葉もすでに耳に入ってないナディブラ。

「一件落着かの？」

「そ、そうなんです、かね……」

ナディブラは戻ってきてくれるだろうか。

照れながらも、修佑のほうをちらちら見てくるナディブラ。

その視線は――愛玩する生物に向けるものではなかった。ちゃんと、自分と対等の存在に向ける視線だと、修佑は思った。

じゃあ、きっと戻ってきてくれるだろう。修佑とナディブラ、互いのことを理解するための一歩を踏み出したのだから。

「あ、あの……じゃあ、申し訳ないんですけど、さっそく頼ってもいいですか、シュウさん」

「はい。構いませんが――」

「いま、叩《たた》きのめした怪人。全部で十二人……殺さないなら、シュウさんにお願いすることになるけれど、いいんですよね？」

「ああ……」

修佑は息を吐く。

怪人が一人増えるだけでも大変なのに、それが十二人――修佑の負担は大きなものになるだろう。だが、たった今、頼ってほしいと言ったばかりである。

前言をひるがえす気はない。

「もちろん、やります」

修佑は、ナディブラの顔を見て、はっきりとそう言った。

彼女のヒーローでいたいと思いながら。

「ありがとう、シュウさん」

ナディブラは、少し照れたように応《こた》える。

やっと、彼女は、修佑を見てくれた。

怪人と、ブラック社員の話《ラブコメ》がもし始まるとしたら――やっとここからなのであった。

エピローグ ―― 女怪人さんは通い妻

Yoshino Origuchi Presents
Onna Kaijin san ha Kayoi Duma

そこは暗い倉庫であった。

使うもののない廃倉庫。光は差しこんでおらず、倉庫の端までは影になって見ることができない。

「そうか」

入り口に近いところに、女性がいた。

人間ではない。全身に赤い鱗《うろこ》があり、太い尻尾《しっぽ》もある。トゲがびっしりと生《は》えた尻尾は、当たっただけで人に穴をあけそうだ。

頭部には特徴的な、三本の角《つの》がある。こちらも頭突《ずつ》きだけで人を殺せそうな、凶悪な形状である。まさに恐竜と、人間が混ざったような姿。

「ナディブラめ。組織を抜けるだけでは飽《あ》き足らず、我らの邪魔をするか」

「拠点《きょてん》から逃げた者の話では……『八つ当たり』と言っていたそうです。倒れた怪人たちは全員、リクトーに引き渡されました」

「いよいよ、我らと敵対するのか。ミズクともども……」

三本角の怪人は、部下の報告を受け取っていた。

彼女の名はジャオロン。

未《いま》だにアステロゾーア首領に付き従う、四幹部の一人である。

「いかがいたしましょう。ジャオロン様」

「機を見る。貴様らは準備を整えておけ」

「は」

伝令兵のような動きで、部下の怪人はジャオロンの前を去った。

「まったく……どうして団結できぬのだ、我らは」

ジャオロンは、角を撫《な》でながら息を吐く。

アステロゾーアの四幹部は、元より意見が一致することがない。壊滅の危機にあたっても、団結することなく、それぞれの思惑《おもわく》で動いた。

その結果が今だ。

残党というかたちではあるがギリギリ、アステロゾーアという形を保っているのは——今ここに、首領イデアがいるという一点のみである。

「私がお支えせねば……」

「ジャオロン？」

倉庫の奥から、声が響く。報告に辟易《へきえき》していたジャオロンが、居住まいを正した。

「イデア様、お目覚めですか」

ジャオロンの応答は、倉庫の奥の暗闇《くらやみ》に向けられた。

そこには——星形の巨大なプレートのようなものに寝そべった、ロングヘアの幼女がいる。

眠い目をこする様《さま》は、まさしく起きたばかりの子どもである。一見すれば、彼女はごくごく普通の人間に見えた。

しかし、この子どもこそが、アステロゾーアの首領。

寝そべっているプレートも、そして『さらに奥にあるもの』も全《すべ》て、このイデアの肉体そのものである。

「夢を……見たの」

「良き夢でございましたでしょうか」

「ナディブラと……喧嘩《けんか》する夢」

ぐ、とジャオロンは言葉を飲み込んだ。

「ねえ、ジャオロン。ナディブラは……どこ？」

「あやつは出奔《しゅっぽん》いたしました。この話は三度目でございますよ、イデア様」

答えながら、ジャオロンは目を伏せる。

イデアは常《つね》にまどろんでいる。夢と現実の区別がついていない。幾度《いくど》となくナディブラのことを聞くのも――彼女にとってはまだ、ナディブラは部下のままなのだ。

もっとも。

イデアが真に目覚めてはならないし、だからこそジャオロンが傍《そば》にいるのだが。

「ううん……そっか。そうだったね」

「連れ戻しますか」

「そうだね……」

ふあぁぁ～～～あ、と。

イデアがひときわ大きなあくびをした。

「どこか行ってるなら……迎えに行かないと」

廃倉庫の奥で、なにかが蠢《うごめ》く音がした。

イデアが乗っている、金色のプレート――それを支えるように、巨大な肉の触手《しょくしゅ》が蠢いている。大柄《おおがら》なジャオロンでさえ、一息で飲みこまれてしまいそうな、触手の塊《かたまり》。

人間は、ジャオロンたちを怪人と呼んだ。

ならば、イデアの姿を見た者は――彼女をなんと呼ぶだろうか。

怪獣、あるいは災害、だろうか。

「ナディブラ……帰ってきてくれるかな」

「イデア様のお望みとあらば、必ず」

「わーい……」

イデアは、プレートの上で両手を上げた。

そしてそのまま。

「すぴい」

寝た。

眠ってしまったらしい。

一度は動き始めた、大量の触手も、本体が眠りについたことでうごうごと元に戻っていった。

イデアが起きているのは、一日に五分もない。

「まったく……ナディブラめ」

ジャオロンは、危なっかしい首領を見て、息を吐いた。

「どこでうつつを抜かしているのだ。早く帰って来い」

イライラしたジャオロンは、廃倉庫の床を蹴《け》る。

コンクリートが砕《くだ》ける音が響く。

爪《つめ》あとともにジャオロンの足形が、打ちっぱなしのコンクリートにはっきりと残ったのだった。

「すうう……すうう」

そんな音を気にもせず。

怪人たちの首領は、今日も眠り続けるのであった。

ナディブラが戻ったことによって、リクトー社の騒ぎもひとまず収まった。

「幹部の一人に追われていたんです」

リクトー役員会議に呼ばれたナディブラは、しれっと嘘《うそ》をついた。

「ご存知ですよね？　名前もない。実体もない電子生命体……行方《ゆくえ》不明の、アステロゾーア幹部……彼女に追跡されていました」

ナディブラはあくまで被害者、という態度をとる。

「フィルムの発信機を追跡されてたから、擬態《ぎたい》フィルムも使えませんでした。とるものもとりあえず逃げ出して、こちらからは彼女の根城《ねじろ》を探すことしかできませんでした」

陽川煉磁《ひかわれんじ》は鋭い声で詰問《きつもん》する。

「本当だろうな」

「嘘ついてどうするんですか？　私は逃げまわって、どうにか彼女が潜《ひそ》んでた拠点を潰《つぶ》したんですよ。工場にあったパソコン、回収したはずですよね？　あれが証拠。まあ、本人にはネット経由で逃げられちゃったけど」

大嘘であった。

横で聞いている修佑《しゅうすけ》は気が気でない。リクトー社の重役会議で、ヒーローを相手に大嘘をつけるナディブラの胆力《たんりょく》が信じられない。

「あのＰＣはデータが破損《はそん》していて、復旧もできない。貴様の言葉の真偽《しんぎ》を確かめる方法はない。第一、何故《なぜ》追跡されていた」

「知りません。とにかく逃げるので必死だったんですから。私が責められるいわれなんてないはずでしょう?」

「――――」

役員会議はそれで終わった。

修佑ともども会議に呼び出されたナディブラは、その嘘をつきとおすことで追及を逃れた。

修佑もまた二、三の質問をされたが、ナディブラと口裏《くちうら》を合わせていたので、不審《ふしん》に思われることはなかった。

かくして、今まで通り。

ナディブラも、担当の修佑も責任を問われることはなかった。むしろ修佑は、アステロゾーアの怪人たちがどうやってリクトーの監視網《もう》をすり抜けているのか、その方法を見つけたことで、お調子者の部長から褒《ほ》められることとなった。

とはいえ、いくら褒められたところで、給料は増えないが。

（まあ、いいか……）

修佑は息を吐く。

会社の待遇には大いに不満があるし、いつか給料を上げてもらう――と決意した。今はとりあえず、目の前の仕事をこなすしかない。

それが怪人たちの、ひいてはナディブラのためになると信じているからだ。

さて。

「おかえりなさいシュウさん。今日はお寿司《すし》ですよ」

修佑のことを理解しはじめ、（多少は）対等な生物であると認識してくれたナディブラだが。

それでもしょっちゅう修佑の部屋に不法侵入し、家事をこなしていた。

「変わらないじゃないですか！」

思わず叫ぶ修佑。

「あの、ナディブラさん、同化は諦《あきら》めたのでは――」

「もちろんです。もうシュウさんを内臓にする気はありません。でもそれはそれとして、シュウさんの生活習慣は心配ですし……そもそも私、人の世話するの好きみたいなんです」

「はあ」

「だからこれからも、どんどん甘えてくださいね。仕事をやめてもいいんですよ」

しゃもじを持って、くすくす笑う女怪人。

よくよく見れば、部屋の中にはシーもいる。ナディブラから命じられたのか、勝手に修佑の服にアイロンをかけていた。

「シーちゃんもこき使ってくれて構いませんからね」

「お姉さまの命とあれば！　戻ってくださり嬉《うれ》しいですお姉さま！」

相変わらずの忠臣ぶりであった。

帰宅した修佑は、上着を脱がされ、ソファに座らされる。ナディブラの誘導には無駄がなく、疲れた修佑は唯々《いい》諾々《だくだく》と従うしかない。

テーブルに並んでいる寿司は、職人が握ったのかと思うほどに形が綺麗《きれい》だった。思わず手に取りたくなる。

（いや！　むしろ……世話焼きスキルが向上している！）

このままではまずい、と思う。

せっかくナディブラが修佑を、対等に見てくれているのに——。

修佑のほうが堕落《だらく》してしまう。もしナディブラにされるがままのヒモにでもなろうものなら。ともすれば、ナディブラの生殖本能が刺激され、また以前のように内臓としてしか見られなくなるかもしれない。

それだけは避けたい修佑だった。

「あの、シュウさん」

「は、はい？」

などと思っていると。

いつの間にか、ナディブラが隣に座っている。何故か、怪人たちを打倒した触手まで伸ばしていた。

「ミズクちゃんから聞きました。ミズクちゃんに、尻尾枕をしてもらったんですって？」

「え、ええ……まあ」

「あれ、気持ちいいですよね」

うんうん、と頷《うなず》くナディブラ。

しかし声に、妙な圧力を感じるのは気のせいだろうか。

「とにかく中毒性がすごいし……人間だったら耐えられないと思います。別に浮気くらい許してあげますけど、ミズクちゃんほどサービスしてあげられないのは……ちょっと悔《くや》しいんですよね」

「あ、あの、ナディブラさん？」

「だから……今日は同じくらい気持ちいい、耳ツボマッサージをしてあげようと思いまして」

触手が伸びてくる。

その先端は、シーを返り討《う》ちにした時のような毒針はなかった。代わりに先端部は丸く、半透明になっている。

一体、どれだけ触手のバリエーションを持っているのだろう。

「ご飯の前にちょっとだけ、疲れを取りましょう?」

「こ、この触手で、ですか?」

「ええ」

ばちん、と音が鳴る。触手の先端が一瞬、輝くのが見えた。電気である。

「人間って、耳の後ろにツボがあるらしいですね。そこを電気で刺激すると、疲れが取れるみたいですよ」

「い、いや、大丈夫です」

「まあまああまあ遠慮しないで」

ナディブラが右腕から触手を伸ばした。あっという間にがんじがらめにされる。抵抗できないまま、耳の後ろに触手が押し当てられた。

「ッ!」

視界が一瞬、白く染まる。

脳髄《のうずい》に直接刺激を送り込まれているようで、修佑は声もなく叫んだ。

「がっ……な、ナディブラさん、これ、はちょっと……!」

「ふふ、どうですか、気持ちいいですか?」

「――ッ」

ばちん、ばちん、と視界がはじける。

一瞬、辛《つら》さを感じたが――耳の後ろを触手が撫でるだけで、脊髄《せきずい》に電気が走る感触は、今まで修佑が感じたことのないものだった。

「……ッ！　……！」

「ふふ、シュウさん、喜んでますね？」

喜びを通り越して、未知の刺激にただただ修佑は振り回されるしかない。

「あが……っ、な、ナディブラさん、ちょっと……これは、強すぎ……」

「あら、本当ですか。じゃあ。ちょっと弱く……」

「～～～～ッ！」

電気刺激は確かに弱くなった。弱くなったが――。

痛痒《つうよう》感をともなう、わずかな刺激が、脳内や脊髄を駆け巡《めぐ》っていく。体の内側からくすぐられているような感触だ。

「ひっ……ぐ……」

本当にこれで疲れが取れるのか。ナディブラは加減を間違えているのではないか。

色々と言いたいことはあるが、声が出ない。

「ッ！」

続けて電流が走っていく。

脳までかき回されるような感覚だ。苦しいわけではないが――かといってリラックスなど到《とう》底《てい》できない。

せめて一度止めてもらおうと、修佑は手を伸ばした。ナディブラの厚意は嬉しいが、それはそれとしてこのリラクセーションは刺激が強すぎる。

伸ばした手を、ナディブラはなにを勘違《かんちが》いしたのか。

微笑《ほほえ》みながら、その手を取ったのだった。

「ふふふ、他の女に目移りしてもいいですけど……最後は私から離れられないように、ちゃんとお世話してあげますからね♪」

電気にさらされながら、修佑は思う。

対等に見るとかどうとかなど関係なく、女怪人に世話してもらうのは、それはそれで大変だ──と。

今後も彼女と付き合っていくのなら、覚悟を決めなければ。

ナディブラの電気マッサージを受けながら、修佑は強くそう思うのだった。


なお。

電気マッサージの効果は劇的で、疲労はすっかり取れたが──。

ナディブラに、電気触手を禁止したのは、言うまでもないことである。

あとがき

皆様こんにちは、折口良乃《おりぐちよしの》です。

モン医者完結してから新作どんだけかかるねん！　お待たせしてしまい申し訳ありません。

というわけで新作です。

女怪人です。ニチアサだいすき！　とうとうモン娘以上に人外度の高いヒロインを出してしまいました。

ラノベヒロインは星の数ほどおりますが、ここまでのガチ人外女子というのもなかなかレアなのではないでしょうか。


モン医者を十一冊書いて、折口は気づきました。

新作の書き方を——忘れている！

新しいヒロイン、新しいプロット、新しい筋書き——まっさらの状態から書き始めるのってどうするんだっけ!?

長編を書きあげた作家が、また一から書き始めるのは、思った以上に大変な作業でした。いやあ、こんな弊害《へいがい》があるとは。

そんな苦労の末に書きあげた『女怪人さんは通い妻』楽しんでいただけたら幸いです。

それでは謝辞《しゃじ》を。

新しい担当編集の蜂須賀《はちすか》さん。新シリーズからの担当となりました。今後ともよろしくお願いいたします。まだ出会って日も浅いですが、丁寧《ていねい》な仕事ぶりに大変感謝しております。

モン医者に引き続き、イラストを担当してくださるZトン《ぜつ》先生。今回も素敵《すてき》なお仕事をありがとうございます。ナディブラを始めて見たとき、あまりに完璧《かんぺき》な女怪人ぶりに『この子が特撮で出てるところが見たい！』と本気で思いました。

またいつもつるんでくださる作家の皆様方。ツイッター等で交流してくださる漫画家、イラストレーターの皆様。人外オンリー関係者の皆さま。家族。細かいところまできっちり指摘《してき》をくださった校正様。

そして誰よりも読んでくださった皆様へ、最大限の感謝を。

売れたら二巻でお会いしましょう。

折口良乃

いろんなモン娘が大集合！
モンスター娘のお医者さん
Doctor for Monster Girls.

モン娘《むす》好きによる
モン娘好きのための
モン娘《むす》
医療ラノベ!
モンスター娘のお医者さん
折口良乃
Zトン
全10巻＋0巻
ダッシュエックス文庫より
大好評発売中!!
著＝折口良乃　イラスト＝Zトン
(0巻キャラクター原案＝ソロビップB)

のお医者さん0」

ヤングジャンプコミックス

原作 折口良乃 漫画 木村光博

キャラクター原案 Zトン・ソロピップB

2022年 YJC ダッシュエックスコミックス
12月刊 大好評発売中!!
DASH X COMIC INFORMATION
心も身体も癒します♪
調合ゲーム好きの
高校生・司が異世界へ!
魔力はないけど神様がくれた【鑑定能力】で
めざせ、一人前の調合師!
でも困難の連続で、とにかく司を
ほっとけない&目が離せない!?
最強かわいい癒し系ほのぼのファンタジー!
鑑定能力で調合師になります 2
原作 空野 進
(ヒーロー文庫/主婦の友インフォス)
漫画 武田みか
コンテ 霧中 望
キャラクター原案 ともぞ
大好評、自由で痛快な2周目ファンタジー!!
自重しない元勇者の強くて楽しいニューゲーム 16
原作/新木 伸 漫画/ていやん
キャラクター原案/卵の黄身
完結
交際ゼロ日から始まった新婚生活の行方は!?
尽くしたがりなうちの嫁についてデレてもいいか? 3
原作/斧名田マニマニ
漫画/北屋けけ
水曜日はまったり ダッシュエックスコミック
ニコニコ漫画にて大好評配信中!!
水曜日はまったりダッシュエックスコミック で検索!

この作品の感想をお寄せください。

あて先　〒101-8050　東京都千代田区一ツ橋2-5-10
集英社　ダッシュエックス文庫編集部　気付
折口良乃先生　Zトン先生

ダッシュエックス文庫

女怪人さんは通い妻

折口良乃

2022年12月28日　第1刷発行

★定価はカバーに表示してあります

発行者　瓶子吉久
発行所　株式会社　集英社
〒101−8050　東京都千代田区一ツ橋2−5−10
03(3230)6229(編集)
03(3230)6393(販売／書店専用) 03(3230)6080(読者係)
印刷所　凸版印刷株式会社
編集協力　蜂須賀隆介

ISBN978-4-08-631494-7 C0193